Éditeur : Planète Noire
Auteur : François Le Tertre
Graphiste couverture : Rafido
Illustrations Qénus

François Le Tertre

AMAMBY AU ROYAUME DE SOLOFÉ

roman

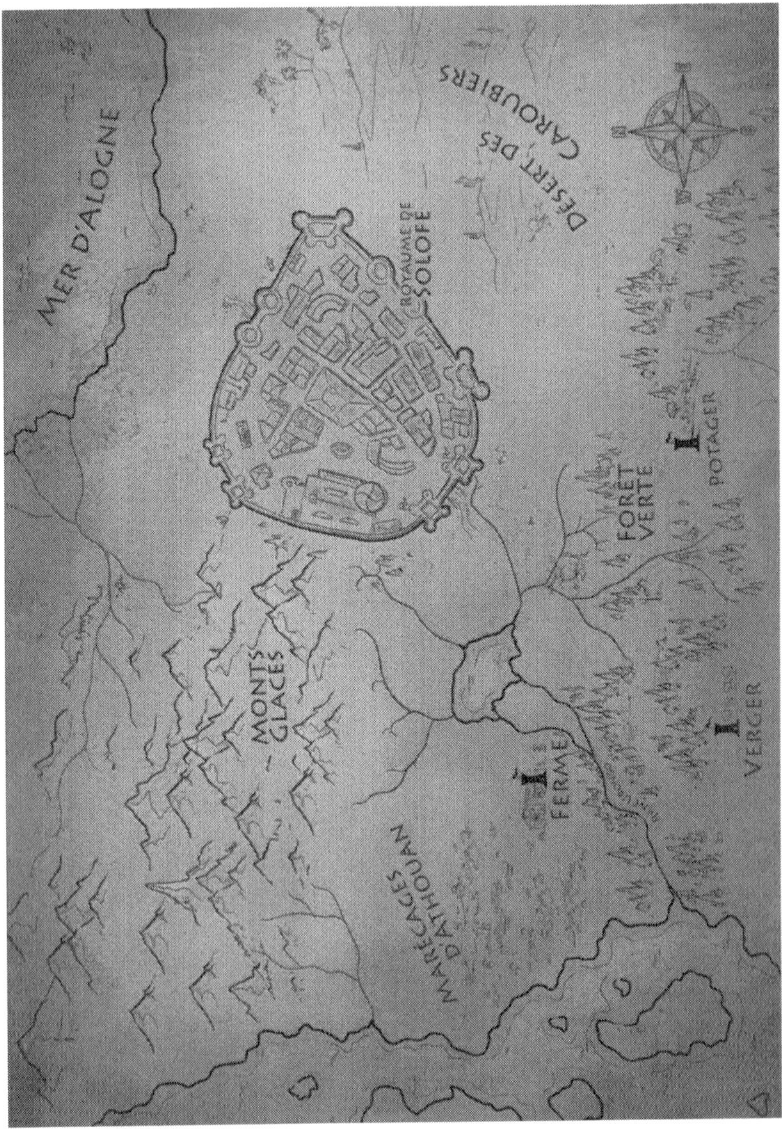
MER D'ALOGNE
DESERT DES CAROUBIERS
ROYAUME DE SOLOFE
MONTS GLACES
FORÊT VERTE
POTAGER
VERGER
FERME
MARÉCAGES D'ATHOUAN

Aliâm's

Crup's
Fruip's
- Amamby
- Papèque
- Cerisette
- Ketchavic
- Bananok
- Cocobat

Gum's

Servifleur's

Beaf's
- Sanglard
- Sanglia
- Bellambre

Plumeux
- Hibéra

Races affidées aux Hommes

Truffes — Ravitos — Ronçards — Croa's

Squameux

Sauriens
- Orpax-Tir
- Zokraan
- Krazor

Vipérides
- Piotiss

CHAPITRE 1
PROMENADE CHAMPÊTRE

« Raconte-moi tout, Amamby.

— Papèque et Pastophie m'emboîtèrent le pas, toujours heureux de se joindre à moi dans mes escapades insouciantes. Après une petite heure de marche sur le sentier sablonneux, le bras de rivière Ubongo se découvrit en scintillant, là où les Gum's descendent parfois des potagers avoisinants pour s'abreuver.

— Je t'avais pourtant interdit de t'aventurer par ici !

L'Amande,visage bruni par la honte, sèche ses larmes et poursuit :

— Après nous être désaltérés, nous nous apprêtions à rebrousser chemin, quand le craquement d'une branche attira notre attention.

Son ami Papèque redresse sa grosse tête ronde et dégarnie, recouverte d'une peau verte zébrée de gris, et prend le relais.

— Trois Beaf's – trois Sanglipoils, pour être précis, facilement reconnaissables à leur pelage gris – se tenaient debout et nous regardaient fixement. Nous savons que nos cousins sont parfois violents. Mais la rivière est réputée infranchissable pour un mauvais nageur. Et les Sanglipoils sont de très mauvais nageurs.

— À une centaine de mètres en contrebas, traverser à gué eût été un jeu d'enfant, houspille Amandor. Vous auriez dû fuir sans plus attendre !

— Regardez-nous, ô grand sage du verger. Je ne peux ignorer le prix de notre naïveté ! Mais le mal est fait, désormais.

— Continue, jeune Pastèque.

— Les Sanglipoils nous jetèrent un regard ténébreux, murmurèrent quelques mots inaudibles, conciliabule peu engageant, avant que le plus téméraire ne s'avance d'un pas décidé jusqu'au milieu du lit où il fut happé par les froides profondeurs. Dans un réflexe un peu grotesque, ses mains tentèrent de s'accrocher aux nuages. Devant le drame qui se déroulait sous nos yeux, votre fils se décida à plonger. Toutes les âmes ne méritent-elles pas d'être sauvées ? Vous connaissez ses qualités athlétiques. Il réapparut quelques secondes plus tard, tenant sous son bras le miraculé. Action héroïque qu'il dut digérer un instant, assis sur la rive. Juste le temps pour le soleil de disparaître derrière la montagne et de nous priver progressivement de nos forces pour la nuit.

— Et ensuite, que s'est-il passé ?

Papèque replie ses épaules et Amamby reprend le récit :

— À toi seul, père, et aussi grand sage du verger, nous pouvons confier notre profond malheur. Car personne ne nous croira. Ah ! si je m'étais méfié plutôt que de plonger pour sauver l'imprudent… Sitôt que le Sanglipoil recouvra son souffle, il me jeta un regard carnassier. Je réalisai à quel point mon erreur nous serait fatale, à moi ainsi qu'à mes amis. Oh oui, nous pouvions encore nous mouvoir au ralenti ; allure habituellement amplement suffisante pour rejoindre une couche de feuillage moelleuse. Mais à peine parvenu sur le sentier, déjà je ne pouvais plus bouger. Plus loin, Papèque et Pastophie fuyaient à la diable le tapis d'encre noire qui déferlait sur le sol tel un raz de marée paralysant. Pour eux aussi, le piège se refermait inexorablement. Salivante, la bête s'approcha de nous, prisonniers de l'obscurité. Les Beaf's ne craignent pas la nuit. Lentement, elle s'avança, ragaillardie par les cris d'impatience qui lui parvenaient de l'autre rive : « Vas-y Sangliro, ramène-nous l'gros ! » Il approcha son groin visqueux, appliqua délicatement sa langue sur mon épiderme sucré, me palpa vigoureusement les fesses, les cuisses, remonta jusqu'à mon cou, sentit mon parfum d'amande fraîche dans le creux, ouvrit la bouche pour me croquer, dévoilant une denture aux canines acérées. Et puis, j'entendis une voix grave, jaillie miraculeusement d'un fourré qui mettait en garde le Sanglipoil. « PAS TOUCHE ! » L'homme était vêtu comme Alec, notre Rouge-mage, mais il était plus petit, le pas massif, une voix nasillarde et sa robe était noire.

« C'est donc ici que tu te caches pendant mes prêches ? lui cria-t-il.

— Non, non, répondit Sangliro en courbant l'échine, pas du tout. Pardon Prak, pardon, mais nous n'avons rien mangé depuis deux jours et nos forces commencent à nous manquer.

— Ne me mens pas ! Le dieu Ouarf t'écoute. Et il te comprend, mon petit, au moins autant que je te comprends. Par sa grâce, exceptionnellement, je vais t'aider à sortir de ce mauvais pas, car tu es un bon disciple. N'est-ce pas, Sangliro ?

— Oui, bon disciple je suis.

— Bien, par ma bouche, Ouarf te dit ceci : prends un peu de nourriture, partage-la équitablement avec Sanglicorne et Sanglia. Mais par la grâce divine qui nous enseigne la miséricorde, je t'ordonne de ne manger que la moitié de ces innocents, de tous les laisser en vie et de ne jamais, au grand jamais, remettre les pieds par ici ! »

Sangliro, qui avait été rejoint par ses deux comparses, acquiesça, et le Noir-mage disparut dans les fourrés. Ensuite, eh bien, Sangliro se gratta la tête un long moment, car le mage avait changé une alléchante graille en vilaine énigme.

« De quelle façon peut-on manger la moitié de cette frutaille tout en la laissant en vie ? On va les bouffer tous les trois, ouais ! Prak n'en saura jamais rien !

— T'es dingue ! protesta Sanglia.

— Tous les trois, EN-TIERS !

— Pas question !

— Au moins une Pastèque et celui-là, le chieur !

— Mais il t'a sauvé la vie !

— Il aurait pas dû… Pis j'aime bien les Amandes.

— Et si on laissait les têtes ? dit Sanglicorne. La tête, ça a juste besoin d'un peu d'eau pour vivre.

— Trois têtes, c'est moins que la moitié ! affirma Sanglia.

— Tout dépend d'la garniture…

— Quelle mauvaise foi ! J'ai pas envie d'être envoyé au front tout de suite, moi, protesta Sanglia. Personne n'en revient jamais. Alors on fait comme a dit le Noir-mage. La moitié, ni plus ni moins ! »

Chose étrange, la femelle me lança un regard attendri. Le sort qui m'était réservé semblait la préoccuper.

« Pourquoi qu'on commencerait pas par les deux enfoirés qui t'ont laissé couler ? dit-elle en se dirigeant vers Papèque et Pastophie. Ça leur ferait une bonne leçon ! »

Brusquement, à peine contrarié de repousser d'un instant son festin, Sangliro se détourna de moi. Et voici comment mes deux amis virent leur heure arriver.

« Pas bête, on leur bouffe quoi, aux deux qui m'ont lâché ? Hein, qu'ils m'ont lâché ? Pas vrai, la frutaille, que tu m'as lâché ? cria Sangliro dans les oreilles de Papèque. J'aurais bien pu crever dans cette satanée flotte à cause de toi !

— Ouais gros qu'il t'a lâché, dit Sanglicorne. Et pas qu'un peu ! Même qu'il gueulait à son pote de te laisser crever là ! Pis sa copine aussi ! Nous, on sait pas nager, sinon crois-moi qu'on t'aurait sorti illico de c'merdier, parce qu'on est solidaires ! Hein qu'on est solidaires, Sanglia ?

— Ouais qu'on est solidaires, renchérit Sanglia. Et pas qu'un peu !

— Je sais, je sais, répondit Sangliro, apparemment convaincu par ce que lui disaient ses valeureux amis. Mais maintenant que je suis plus dans la flotte, ils disent quoi les p'tits froussards ? Ils la ferment leurs grandes gueules ! Hein, dis ! TU LA FERMES TA GRANDE GUEULE !

hurla-t-il à Papèque en collant son groin poilu contre sa joue.

— Ses doigts noirs, boudinés, sales et griffus comme des pinces monstrueuses, saisirent ma jambe, dit Papèque en sanglotant. Cinq autres mains retinrent mon corps immobile et, en la faisant vriller, Sangliro me l'arracha. Puis j'entendis ma pulpe craquer sous leurs puissantes mâchoires. Leur cloaque laissait échapper un gargouillement infâme.

— Sanglia s'approcha de moi, dit Amamby. Elle me renifla. On pouvait déceler dans son attitude, non pas un sentiment de tendresse, sentiment trop fort pour un Sanglipoil, mais plutôt une forme de curiosité simiesque. Puis, insatiables, ils se ruèrent sur Pastophie, leur menton pointu dégoulinant de jus, et s'en délectèrent, ne laissant que la tête, alors qu'elle aussi était encore consciente.

— Comment va-t-elle ?

— Elle est choquée. Sa tête repose sur un lit de feuilles humides. Il lui faudra du temps pour accepter… »

LE CONFESSIONNAL

Le jeune Amanby passe la tête dans la Démétogue[1], s'avance à pas de chat, puis pousse la petite porte en bois du confessionnal.

« Ce que nous venons de vivre ici-bas est terrible. S'di au soir, nous nous promenions avec mes deux amis Papèque et Pastophie quand trois Sanglipoils apparurent de l'autre côté de la rivière Ubongo. Ô Déesse Déméter, j'implore votre pardon et votre miséricorde. Votre miséricorde pour que le Noir-mage qui nous a servis en pâture à ces monstres ne s'approche plus jamais de nous. Et votre pardon. Oui, votre pardon pour avoir menti aux Politruffes et aux Ronçards. Mais leur révéler la vérité nous aurait exposés au courroux du mage. Et comme notre roi omnipotent est un humain autant que je suis un Fruip's, comment imaginer un seul instant qu'il puisse prendre parti contre son propre frère ? Ô seigneur, dites-moi que tous les humains ne sont pas si cruels, car nous dépendons d'eux pour mener à bien cette guerre qui n'en finit plus. Ô seigneur, pardonne à nos cousins Beaf's pour tout le mal qu'ils nous ont fait et protège Papèque du désir de vengeance que je sens naître en lui. »

[1] Temple du Dieu Déméter

LA GAZETTE DE SOLOFÉ

MISS BEAUTÉ

Dich' soir, au bal des débutantes, miss Félicia s'est vu décerner le prix de beauté du royaume. Avec ses cent quarante-cinq kilos, la magnifique blonde a écrasé la concurrence. Mais s'il a tenu à féliciter publiquement l'heureuse élue, le roi Gortenaïde a aussi profité de cette occasion pour évoquer l'affaire de la rivière Ubongo survenue dans la nuit du s'di au dich'. « J'ai demandé au ministre Marcord de réunir l'intendant d'Ottar ainsi que Prak, le prêtre noir, afin que toute la lumière soit faite sur les circonstances de ce drame. Les conditions d'élevage de nos Aliâm's ne sauraient souffrir d'une quelconque négligence. » Une déclaration qui ne manquera pas de rassurer le monde des fins gourmets !

B. Drastan

* * *

BRÈVE ALIÂM'S

Bananok, la Banane

« Bananok, on dit que vous êtes une véritable célébrité au verger. Pourriez-vous nous expliquer ?

— Nous autres, Bananes, aimons palabrer. Cela facilite les relations, voyez-vous…

— Oui, mais vous, Bananok, n'y a-t-il pas une raison bien particulière qui vous rende si célèbre ?

— Je ne vois pas, non, affirme Bananok en esquissant un large sourire. »

Bellambre, la Belleuse

« Pourriez-vous me dire pourquoi le Noir-mage nous demande sans arrêt de nous délainer ? demande Bellambre.

— N'est-ce pas un confort pour vous, par cette chaleur ?

— Avoir froid, un confort ? Ah ! ces humains ! »

* * *

QUI S'EN FOUT ?

Symbiose

Pour les Crup's, dormir allongés n'est pas recommandé. Pour certaines espèces, c'est même dangereux. En effet, le contact de leur plante de pieds avec la terre nourricière est essentiel à leur régénération, surtout lorsque leur organisme est mis à rude épreuve, notamment après une journée de travail aux champs ou une course de fond. Juste avant le dernier rayon du soleil, tous se hâtent de trouver une litière fertile où s'enfouir d'un ou deux centimètres. Dans le sous-sol, en alerte, un gigantesque réseau d'alimentation se tient prêt à accueillir leurs nouveaux invités, tandis qu'en surface, les champignons symbiotiques s'activent, pénétrant les pores de leur peau pour livrer eau et minéraux avant de recevoir en retour le sucre, essentiel à la vie. Échange de bons procédés profitant aux uns comme aux autres dans cet écosystème microscopique où l'entraide et le collectif prévalent.

CHAPITRE 2
AU VERGER, LA PESÉE

Sur le parvis en terre battue de la Démétogue, un pèse-personne en bois. Devant, la file anxieuse des Fruip's s'étire sous la surveillance de Roncéane tandis que le très autoritaire Roncefort marque à l'encre verte, jaune ou bleue l'épaule de tous ceux qui doivent partir au combat. Le seuil prédéfini selon les espèces est de 27 kg pour un Énervé, 81,2 kg pour une Pastèque, 21,5 kg pour une Vignasse et 28,2 kg pour un Kidiwi. Trait jaune sur l'épaule pour les plus jeunes recrues (direction le désert des Caroubiers) ; vert pour les soldats handicapés, chétifs ou malades (marécages d'Asthouan) ; bleu pour les vétérans (monts Glacés). Le processus de sélection est destiné à optimiser les forces vives du royaume et les chances de victoire dans la guerre qui l'oppose aux Nécroseurs. Aucun d'entre eux ne pose de questions. Leur confiance en leur mage est grande. Ils ont foi en tous les humains et en leur dieu.

Trevis-Philipresse monte sur la balance. Il est un peu au-dessus du seuil minimum des 23,3 kg et sa peau est déjà jaune foncé. Il cesse de respirer. Sans hésiter, Roncefort le marque à l'encre bleue. Les enfants de Trévis et ses deux compagnes le regardent, dépités.

« Un jour je t'aurai, Roncefort ! s'exclame-t-il, paniqué.

— Un jour, peut-être que tu m'auras. Mais en attendant, t'es assez mûr pour aller guerroyer là-haut, lui répondit Roncefort, narquois.

— Pourquoi ne pas m'envoyer à l'est ? Je veux dire, la plupart de mes frères sont tombés dans le désert, pourquoi pas moi ?

— À l'est, tu pourrirais avant même d'atteindre la ligne de front, répliqua Roncefort, et dans les marécages, on n'a pas besoin de renforts pour le moment. Les boues profondes des marigots se chargent de ralentir l'ennemi. On ne va quand même pas t'y envoyer te tourner les pouces ! »

Le corps de Roncefort, tapissé d'épines, n'a pas grand-chose à craindre d'un Trèspressé. Trevis ravale son molard acide. Le combat est perdu d'avance. Ses Pépinos lui donnent la main et sanglotent déjà. Eux aussi ont vu l'horrible spectacle d'un Ronçard enrouler ses longs bras tentaculaires autour d'un Tartenoire au sujet d'une broutille, lacérant le malheureux en de multiples endroits. Trevis se renfrogne, enlace sa famille avec dignité, souffle un mot de réconfort à chacun de ses membres. Un Ronçard le marque au bleu. Le son du cor arrache des pleurs aux familles des nouvelles recrues. Comble de malchance… Il se passe parfois plusieurs jours entre le marquage et l'envoi des troupes au front. Trevis-Philipresse entend à peine le premier son, celui provenant du pinacle du château, comme la voix lointaine d'un cauchemar qu'on refuserait d'entendre.

Les Ronçards regroupent les soldats et pressent les adieux.

« AUX ARMES ! AUX ARMES ! crient-ils en courant en tous sens. »

Trevis charge son panier de munitions (pommes, prunes, bananes, etc.) et se met en route. Il chasse une idée fugace. Pas question de déserter sous peine d'exécution publique. Et de la pire des manières, par séchage. Humiliation suprême pour un Aliâm's. Il s'imagine finir sec. Une larme roule sur sa joue. Une larme qui en appelle d'autres. Qu'il en profite, là-haut, le gel obstruera ses canaux lacrymaux, condamnant sa tristesse derrière des yeux vitreux. Il jette en arrière un dernier regard. Sa famille continuera de vivre sans lui. Cette pensée devrait le réconforter. Elle ne fait qu'accentuer sa peine. De ce front comme des autres, personne ne revient jamais. Il n'y a aucun espoir de retrouvailles. Dans un sursaut d'orgueil, Trevis-Philipresse gonfle le torse et se met en route. Après tout, ne doit-il pas considérer le simple fait de partir au combat comme un honneur ? Il vérifie que son couteau en bois est bien accroché à sa ceinture. Le moment de s'en servir approche, croit-il encore…

LA GAZETTE DE SOLOFÉ

POLITIQUE. Le seigneur Saurien Orprax-tir en visite diplomatique.

La polémique ne cesse d'enfler. Pourquoi laisser les pires sauvages que ce monde n'ait jamais connus franchir les murs d'enceinte du château ? Mis à part la terre, le sable et les cailloux, les Sauriens, venus d'Ecarys-Boara, dévorent tout ce qui peut l'être, y compris leurs propres congénères. Certains se disent soulagés que les eaux n'aient pas encore laissé passer leurs ennemis de toujours, les Vipèrides. Car dans la grande famille des Squameux, ces derniers, mi-hommes, mi-serpents, sont plus petits, mais plus perfides et plus cruels encore que les Sauriens… Après consultation de ses conseillers diplomatiques, le roi en a donc décidé ainsi : bientôt, la porte s'ouvrira devant ces colosses à sang-froid, écailles, chair, sel, os et pierre mêlés.

« Par prudence, leur précédente visite s'était tenue sur la plage. Cette fois, nous devrons faire montre de plus d'hospitalité. Un échange amical et franc entre nos deux peuples ne peut être que positif », nous expliquait Martin Craore, conseiller aux Affaires extérieures. Les deux émissaires, le seigneur Orprax-tir et son bras droit, l'étrangleur Zokraan, sont attendus mec'di en fin de matinée. Les sujets qui seront évoqués lors de cette rencontre historique avec notre roi Gortenaïde III ne nous ont pas encore été communiqués. Pour plus de sécurité, le déjeuner se déroulera dans le salon d'honneur, sous la vigilance de la garde rapprochée du roi.

B. Drastan

* * *

SPORT

Les plus rapides Aliâm's bouillonnent à l'idée de participer un jour à la course du roi pour devenir grand Cahador des légions du soleil. Chaque année, après les épreuves qualificatives, les vingt meilleurs prennent le départ du Thon dans l'enceinte du château. Le vainqueur s'immerge alors dans le bain béni des trois mages, et reçoit, de la main même du roi, le bâton noir d'Antios. Finement sculpté dans l'ébène, orné de chacun des deux cent huit visages des généraux qui défendirent le royaume, ce bâton légendaire est une arme redoutable qu'il suffit de brandir pour effrayer les Nécroseurs. Voilà ce à quoi les meilleurs Aliâm's prétendent. Voilà ce que nous devons encourager. Un corps sain, pour une nourriture fine et savoureuse !

* * *

BRÈVE ALIÂM'S

Amamby, l'Amande

« Je suis Amamby, quinzième Pépinos d'Amandor et Amandance, le presque trois millième de ce verger. « L'amour est une ressource inépuisable », dit souvent mon père. « C'est comme ça, oui, c'est comme ça », ajoute-t-il, l'air un peu désolé. Malgré le nombre, ils nous aiment tous autant. Et nous les aimons, comme la drupe aime son arbre.

— Êtes-vous heureux, au verger ? »

Après un temps d'hésitation :

« Je suis très heureux. Oui, très heureux. »

Servidée, la Sexyfleur's

« Comment allez-vous, Servidée ?

— Merveilleusement bien, mon bienvenuuu. Dans la rue, on me regarde, on me sourit, on me siffle, on me pollinise. Enfin, vous dites courtiser, n'est-ce pas, tendre amouuuuur ?

— C'est exact. Et vous appréciez quand les humains vous pollinisent ainsi ?

— J'adoooore, mon tendre amour. Et vous, aimeriez-vous passer un peu de temps avec moi ? »

Les Sexyfleur's ont un don unique pour la séduction…

« Je vais y réfléchir, lui dis-je en rougissant.

— Loooovely jour. »

Sanglia, la Sanglipoil

« La vie à la ferme est difficile. Entre le travail à la carrière et le sport, nous n'avons que peu de temps libre. Et au moindre écart, les Ronçards nous fouettent. J'aimerais partir loin d'ici. »

CHAPITRE 3

AU VERGER, INVOCATION DICH'MINICALE

« Moi, mage et grand guerrier Aliâm's, affirme Alec Ploutos d'une voix qui résonne dans la Démétogue, honnête pourvoyeur de la parole divine, défenseur du bien, je me tiens là, devant vous ! »

À cet instant, Papèque – la tête de Pastophie tenue par les cheveux – soutenu par Amamby et Amandor, fait son apparition dans l'ouverture de la porte. Au grincement des gonds à double battant, un millier de têtes se tournent vers eux. Des Oh ! et des Ah ! D'effrois les annoncent. Tous s'interrogent : avec une telle blessure, comment les deux Papèques pourront-ils échapper aux Nécroseurs ? Et la pauvre Pastophie, combien de temps pourra-t-elle vivre dans cet état ?

Alec les scrute, muet de rage, puis demande d'un signe de main à Ergo-Doctotruffe de s'en approcher. Celui-ci s'exécute, précédé de son groin rose humide. Sèchement, il lance :

« Pour Pastophie Groin Groin, plus de corps, plus de blessure. Impressionnant, handicapant, mais pas très grave. Contre déshydratation, poser régulièrement tête dans une assiette d'eau fraîche. Cela suffira.

— As-tu bien compris ce qu'a dit le doc ? demande Pastophie.

— Oui mon amour, ne t'inquiète pas, j'ai compris.

— Mais pour Papèque, poursuit Doctotruffe, il faut couper, maître !

— Il faut couper quoi ? s'insurge Papèque.

— L'autre, groin-groin !

— L'autre ? L'autre jambe, veux-tu dire ? Mais pourquoi me la couper ?

— Groin groin… Pour rééquilibrer ton poids, nom de Déméter !

— Et comment pourrais-je marcher après ? ?

— Tu ne, groin-groin, marches déjà qu'à moitié…

— Penses-tu qu'en coupant la deuxième jambe de mon chéri, il remarchera complètement ? s'insurge Pastophie. Et que nous aurons la moindre chance sur le champ de bataille ?

— Il a raison, dit Amandor. Partir en guerre cul-de-jatte… Je ne donne pas cher de sa peau.

— Pas faux, mais au moins, groin-groin, esthétiquement ce sera moins vilain, s'entête Ergo-Doctotruffe.

— L'esthétisme, l'esthétisme… Le champ de bataille se moque de l'esthétisme ! Autant l'envoyer maintenant, s'agace Alec. Il combattra avec une jambe en moins, certes, mais il combattra…

— Mais je ne peux me déplacer seul, Rouge-mage, demandez donc à Amandor et à Amamby qui nous ont aidés à venir jusqu'ici.

— Parfaitement ! intervient Amamby. Jamais ils n'auraient pu y arriver sans nous. »

Après quelques grouinements, Ergo-Doctotruffe dit à Alec :

« Dans ce cas, groin-groin, je peux poser tuteur ? Mais, avant, moignon doit guérir.

— Avec le risque de pourrissement et d'attirer les Nécroseurs, renchérit Alec. »

La foule proteste dans un brouhaha d'angoisse.

« Tuteurs peinent à supporter poids des Pastèques, et peau pourrait s'irriter, groin-groin.

— D'autres solutions ? interroge Alec sèchement. »

Ergo-Doctotruffe hésite…

« Peut-être oui, groin-groin, mais… esthétiquement…

— Arrêtez donc avec ça ! s'impatiente Alec.

— Très difficile à réaliser… pourrions… bouturer… groin-groin, résultats parfois surprenants.

— BOUTURER ? Surprenants ? s'insurge Papèque. J'ai vu cela une fois, sur une Pommepote. Je l'ai vu aussi nettement que je vous vois et croyez-moi, le résultat n'était pas beau à voir, non, pas du tout. Même que sa jambe était complètement de traviole ! »

Alec réfléchit, doigt sur le menton puis dit :

« Une bouture augmenterait ton poids et ton efficacité au combat… Et puis tu es encore bien vert. Quel âge as-tu petit, dis-moi ?

Papèque fait une moue gênée. Les dates l'ont toujours pris en grippe.

— Il entre dans sa quatorzième lune, répond fièrement Pastophie. Une tête ne remplacera jamais une jambe, mais ça aide bien quand même, hein, chéri ?

— Bien dit, Pastophie, réplique Alec. Mais votre tête est grosse et j'ai peur que vous soyez un poids pour lui. Ergo-Doctotruffe, une jolie bouture pour notre verte Pastèque, bien choisie et qui deviendra puissante, oui, puissante… C'est essentiel. Parce que vous, les Pastèques, avez des jambes beaucoup trop fines qui suffisent à peine à supporter le poids de votre corps, alors avec une tête en plus… Et quand il s'agit de charger l'ennemi, vous vous traînez lamentablement.

— À vos ordres, groin-groin. Pourrions essayer bouture de Sauciflon ? Boutures puissantes et très robustes. Très performantes sur les courtes distances.

— Mais je ne veux pas d'une jambe de Sauciflon ! dit Pastophie.

— Ce n'est pas tout à fait ta jambe, dit Alec »

Ergo poursuit sans prêter attention à son patient. Un Doctotruffe sait tout ce que les autres ignorent.

« Faire avec les ingrédients du bord, groin-groin ! Entendu dire qu'un tout jeune Sauciflon était tombé d'un arbre hier, tête la première. Jambes devraient encore sentir vie. Avec permission, ferai un saut à la ferme accompagné de Roncéanne. Être prudent, Truffe au milieu d'une ferme, très dangereux.

— Parfait ! fit Alec en ouvrant sa main vers le ciel. Puisque nous sommes tous d'accord, tu seras greffé, Papèque. Et dès que ton pied gauche rejoindra ton pied droit, tu partiras combattre dans le désert des Caroubiers d'où tu nous ramèneras le cadavre d'un Scorpax. »

L'assemblée adjuge la sentence.

« Qu'il en soit ainsi ! firent les disciples, paumes tournées vers le ciel. »

La décision est implacable. Plus rien ne peut s'opposer à sa mise en œuvre. Obligés par le regard d'Alec, Papèque et Pastophie bredouillent un laconique « qu'il en soit selon votre volonté », comme le veut le rite déméterien. Puis, déjà honteux à l'idée de supporter les moqueries, Papèque ferme les yeux, baisse la tête, résigné, soumis et obéissant comme doit l'être tout bon disciple devant le gardien du dogme. Alec le rouge conclut d'une voix solennelle, suivi en chœur par l'assemblée :

« Et par la terre, et par l'eau, et par l'air, et par sa graine source de toute vie ! »

Le dossier Papèque clos, Doctotruffe lui prescrit trois nuits de repos, tout en précisant qu'au moindre doute sur sa guérison, mieux vaudra se battre à cloche-pied que de faire courir le risque d'une attaque nocturne à la communauté. Puis Alec passe au cas suivant

LE CONFESSIONNAL

Papèque

« À qui d'autre que vous confier ma douleur ? Mes amis portent déjà la leur. Peut-être prendrez-vous un peu de la mienne ? C'était l'aube du dich'. Les premières lueurs du jour révélaient la myriade de gouttelettes cristallines que nos deux corps repus n'avaient absorbées pendant la nuit. J'ouvris le premier les yeux sur le ciel orangé. Le vent frais caressait ma peau encore froide et humide. Je m'assis, l'esprit embrumé, émis un bâillement, dévoilant à Amamby ma bouche édentée et ma langue spongieuse, et étirai mes membres engourdis. Malgré cette nuit de sommeil, je me sentais fatigué.

En descendant mon regard vers mes jambes, je n'en vis qu'une seule. À cet instant, la mémoire me revint en flashs : des images glaçantes suivies d'une pluie de larmes. Ma plainte de désespoir se répandit en échos dans la vallée. Trois Sanglipoils m'avaient... nous avaient... La tête de Pastophie gisait à mes côtés, les yeux grands ouverts. Ô père de tous les pères, comment permettez-vous tant de cruauté ? Si vous me mettez au défi, soyez certain que je continuerai à l'aimer même ainsi. Comme Poiroac continue à aimer Poissandre. Je soulevai sa tête délicatement. Oh mon tendre amour. J'embrassai ses lèvres sèches. Amamby accourut vers moi pour me calmer. Mon moignon spongieux ne me préoccupait pas. Il ne me renvoyait qu'une légère sensation de picotement. Mais de nous voir ainsi mutilés fut si traumatisant. Je tentai de me relever, m'appuyant sur ma jambe la plus fidèle. Amamby me soutint en me promettant que tout s'arrangerait. Je pris la tête de Pastophie et nous partîmes clopin-clopant en direction du verger. Ô dieu tout puissant, un jour, je retrouverai le Noir-mage et ces trois Sanglipoils de malheur. Par la puissance du bâton d'Anthios, je les retrouverais, où qu'ils se trouvent ! »

Amamby

« Ô Déméter, j'aurais préféré dormir à jamais. Mais je me suis réveillé et je veux comprendre. Pourquoi Prak le noir nous a-t-il jetés en pâture à ces bêtes infâmes ? Certes, il ne vénère pas le même dieu, mais en sa qualité de Mage, veillant au respect des règles de vie entre Aliâm's, lui qui est un homme vénéré, grand chantre de la morale Ouarf, son devoir n'est-il pas de veiller aussi sur nous ? Et aussi, pourquoi nos cousins Beaf's, dotés de deux bras, deux jambes, deux yeux, en apparence si proches, peuvent-ils manger d'autres êtres vivants ? Après l'interrogatoire, les Ronçards nous ont escortés jusque chez mon père. Nous étions encore terrassés par la peine et pensions y trouver réponses et réconfort. Mais les réponses ne pouvaient se trouver que dans la foi. Alors il nous a conduits jusqu'à la Démétogue. Papèque en est reparti avec une greffe de Sauciflon et un sursis. Et moi, chargé de plus de doutes que jamais. »

Cerisette

« Dieu d'amour et de paix, je viens ici, car j'ai entendu Alec dire qu'une Cerise ne pouvait aimer qu'une autre Cerise. Mais pendant la messe, la pluie est tombée à l'instant où je me suis assise à côté d'Amamby. Et mon noyau s'est soudainement emballé. J'y ai vu un signe et une bénédiction tombée des cieux. Croyez-vous que son noyau puisse battre aussi fort que le mien ? Que votre bienveillance éclaire mon chemin. »

Correspondance privée

Éléora, ma chérie,

J'ai été convoqué, oui je dis bien convoqué, dans la riche et haute demeure de l'intendant Rhaul d'Ottar. Tu sais que de cet homme petit et chétif dépend ma mutation dans un champ de Servifleur's proche de chez nous. Imagine un peu, non seulement je pourrais rentrer chaque soir à la maison, mais mon travail serait moins fatigant. Ces petits anges Servifleur's se gèrent seuls. Je serais donc exonéré des récoltueries en pleine nuit, des causeries à la Démétogue, des pesées, des mobilisations. Bref, la belle vie. Tu sais que nous rêvons de cette mutation depuis longtemps. Je me suis donc rendu chez l'intendant dans l'idée de réitérer ma demande.

Un grand bureau occupait le centre de la pièce. Debout sur le coin droit souriait la Servifleur's, un tout petit Hibiscus qui répondait au nom d'Hibirisse. Sa chevelure de pétales orangés qui descendait jusqu'aux épaules envoyait de magnifiques reflets pourpres sur ses bords ondulés. Elle arracha l'un d'eux et me le tendit, tout en accompagnant l'offrande d'une gracieuse révérence : « Je suis à vous, mon bienvenuuu. » Des effluves de parfum doux et musqué m'enveloppèrent. Quelle chance ce doit être d'avoir une Servifleur's à la maison !

Sur le bureau étaient empilées des liasses de documents qui cachaient Rhaul d'Ottar, assis derrière. Je ne semblais pas l'intéresser outre mesure. Pourtant, le claquement de la porte fit que sous sa touffe ébouriffée, celui qui s'évertuait à griffonner nerveusement ne pouvait ignorer ma présence. Un paysan peut attendre. Attendre la pluie, le beau temps. Attendre que la pointe de sa plume d'argent ait épuisé son encre. L'intendant est d'une classe sociale supérieure qui autorise toutes les humeurs, y compris les plus ombrageuses.

Voici ce qu'il m'a dit :

« Je t'attendais, Alec… Ôte tes sabots, tu vas tout saloper, morigéna-t-il, dégoulinant de sueur. Ici, tu n'es pas un mage !

— Je… je le sais monsieur, bredouillai-je, assez peu surpris de la fraîcheur de l'accueil. Depuis le temps que je le connais, je n'ai jamais été beaucoup considéré.

— Ah ! Si tu le sais… Aussi, sais-tu que ta récoltuerie est nettement insuffisante ?

— Insuffisante ? Lui fis-je, feignant la surprise.

— Voyons voir, fit-il en cherchant une feuille dans la pile avec ses longs doigts osseux, cerclés de chevalières d'or incrustées de pierres précieuses. Nom d'une pipe… Ah la voilà… Oui, inquiétant, très inquiétant. Concernant les fruits : Abricots, 45 livres ; Pommes, 75 livres ; Cerises, 45 livres… Et pour le plus important, les Fruip's, il nous manque deux Betteraveux, un Gros-pois, trois Halloweens, un Kidiwi, une Nectarine, une Poire, une Banana, une Tarterouge et une Amande… catastrophique… Pourtant, tu sais qu'en été la demande explose ! »

J'accusais le coup. L'intendant ne voit que ses satanés chiffres sans jamais tenir compte de la qualité de ma production.

« À moins que l'un de tes Fruip's ne remporte la course du roi, je ne pourrai t'accorder ta mutation, Alec le Rouge, affirma-t-il, sarcastique. C'est ta seule chance. Tes petits protégés rêvent-ils encore de devenir grand Kahador ?

— Bien sûr, lui répondis-je, tout en voyant s'envoler mon espoir de mutation. »

Mon amour, je dois t'avouer qu'en cette victoire à la course du roi, je ne crois plus beaucoup…

Depuis plus de vingt ans, aucun Fruip's ne l'a gagnée…

Pour calmer sa colère, je promis à l'intendant de lui envoyer ma plus belle Mangue.

« Une grande et docile, lui précisai-je. »

Avant de partir, je saluai Hibirisse qui me souffla, battant des yeux, d'une voix langoureuse et faussement aimante :

« Toi, oui, toi, lovely jouuur. »

Je t'embrasse, ma tendre épouse, toi et les enfants.

Vous me manquez.

Alec

POLITIQUE : CRUELS, CES SAURIENS ? HILARANT !

À quelques pas devant nous se trouve Marguetine, la jolie Servifleur's albâtre des époux Ereik. De la taille d'un demi-homme et d'un tiers de ces lézards, l'imprudente, plantée au beau milieu de la ruelle, se laisse surprendre. Orpax-tir, qui est le plus grand des deux Sauriens et dont l'assurance laisse penser qu'il est issu d'une haute lignée de guerriers, la prend en chasse, malgré la présence de la foule. Il bondit vers elle par la gauche, tandis que Zokraan fonce en rabatteur vers le mur de la maison opposée. Marguetine, apeurée, tourne la tête tout en galopant. Elle voit qu'Orpax-tir s'est arrêté pour contempler le ciel. Elle croit s'en être sortie. Après tout, combien d'enfants s'amusent chaque jour à la courser sans jamais y parvenir ? Mais ces prédateurs-là n'ont rien à nous envier. Ni leur agilité, ni leur rapidité, ni même leur force ou leur ruse. Zokraan vient de prendre appui sur le mur de son pied droit, et d'une puissante impulsion, s'envole haut, tel un oiseau démoniaque, avant de s'abattre sur elle dans un nuage de pétales fuyants. Pour la Servifleur's comme pour sa jolie chevelure, il est trop tard. Zokraan la regarde, hésitant, coupe une feuille et les pieds, la condamnant à l'immobilité d'une fleur. Mais comme la taille a cet effet surprenant de les rendre un temps euphoriques, avant qu'elles ne sombrent progressivement dans une forme de spleen et de se faner inexorablement, Marguetine, morte de trouille quelques secondes plus tôt, s'amuse à provoquer ces drôles de créatures. Elle tourne la tête, plie, déplie sa tige, se retourne et crie « POUAFFFF ! » avant de pouffer de rire.

Zokraan lance un regard gêné à son comparse. Un si puissant combattant doit effrayer et non amuser. L'autre, qui selon la légende a gravi les marches du pouvoir à coups de crochets, lacérant sans vergogne tous ses opposants, et désireux de transmettre sa science à chaque bonne occasion, prend la fleur d'autorité. Il presse la tige avec ses deux doigts. Mais plus il presse, plus le volume de la voix augmente. Tout en avançant, il réfléchit et se dit que tête en bas, elle rirait beaucoup moins. Mais tête en bas, elle rit beaucoup plus... Agacé, il s'arrête net et lui met une claque à faire plier un arbre. La tête de la Servifleur's fait demi-tour puis s'immobilise. Elle a enfin compris, semblent penser les deux sauvages. Mais elle se redresse brutalement, et les yeux grands ouverts, crie un « OUAHH ! » de surprise avant de repartir dans un nouveau fou rire. C'en est trop. Orpax-tir, qui ne veut pas perdre la face, la secoue violemment. Ses pétales volent en tous sens comme des ailes sans corps. Quand il cesse, pensant l'avoir tuée, il ne reste plus sur sa tête à peau d'étamine orangée que trois pétales. En dépit de tous ses efforts, Orpax-tir entend les ricanements monter autour de lui. En sage guerrier, il se résigne, ramasse un petit caillou et le lui introduit dans la bouche.

* * *

BRÈVE ALIÂM'S

Cornibal, le Corniboob's

« Comment allez-vous, monsieur Cornibal ?

— Mal. J'viens d'croiser un abruti de Pompote. Coup d'épaule, qu'il m'a mis. Comme si le chemin n'était pas assez large ! Tous des cons, ces Fruip's. On ne peut pas les saquer. Cette façon qu'ils ont de se la raconter avec leur peau lisse et leurs couleurs vives...

— Vous préférez peut-être les Gum's ?

— Non plus ! Ils n'ont aucun caractère.

— Les uns comme les autres sont pourtant de votre famille, n'est-ce pas ?

— Certainement pas ! Nous, on n'est ni Fruip's, ni Gum's. On fait pas d'chichis et on est solidaires. Hein, les gars qu'on est solidaires ?

— Ouais, on est solidaires !

— Et on joue collectif, hein les gars ?

— OUAIS, COLLECTIF !

— Pourriez-vous expliquer à nos lecteurs comment vous occupez vos journées ?

— On s'engueule et on râle. Et pis on va te dire, à toi et à tes lecteurs : on en a marre de tes questions, il fait chaud et palabrer nous fatigue. T'as qu'à aller interviewer les Fruip's. Ces prétentieux adorent parler d'eux. »

Autour de moi, un rassemblement d'une vingtaine de Corniboob's à la peau grenue. Tous sourcils froncés. Je préfère poursuivre mon chemin. Les Corniboob's peuvent être particulièrement agressifs.

* * *

LE SAVIEZ-VOUS ?

Si l'on parle d'un essaim d'abeilles, ou d'une échouerie de Patatoes, le terme approprié pour les Corniboob's est une assemblée, à cause du brouhaha causé par leurs incessantes disputes.

CHAPITRE 4

ON « RECRUTE » !

Chaque m'di et s'di matin se déroule le « recrutement ». Les Fruip's, bien que d'une nature plutôt obéissante, rechignent parfois à s'y présenter spontanément. Souvent joyeux et farceurs, leur malice, dès qu'il s'agit d'échapper à leur tragique destin, n'a pas d'égal chez les Aliâm's. Mais c'est sans compter sur l'obstination et la clairvoyance du Rouge-mage qui s'est entouré des meilleurs informateurs pour assurer le fonctionnement équilibré du verger. Débusquer les moins courageux est le rôle attribué aux Politruffes avec l'aide de quelques informateurs. Choko-Politruffe marche entre les rangées, tête inclinée, concentré. Il s'arrête devant le petit Ketchatop. Celui-ci commence à trembler. Mais c'est vers son frère, debout à ses côtés, Ketchavic, l'ami de Papèque et d'Amamby, que le Politruffe pointe son regard inquisiteur. Un seul suffit. Il signifie : « Je t'ai trouvé, pourriture ! Rends-toi ! »

Le vieux Ketchup sort du rang, peau rouge ramollie au-dessus du poignet, lourdes poches sous les yeux qui trahissent la maladie de l'âge et adopte un air surpris. Il a pourtant pris soin de s'enrouler le bras d'une fougère. Mais l'odeur de la gangrène ne peut échapper à « un nez ». Ainsi appelle-t-on les Politruffes. Infaillibles, ils guident leurs corps terreux jusqu'à la racine du mal.

« Couper nous pourrions, propose son cousin Doctotruffe en s'adressant à Alec, qui fut peu surpris de l'allant de son conseiller médical pour les amputations sommaires.

— Pourquoi ne t'es-tu point présenté chez Doctotruffe quand tu t'es senti pourrir ? N'as-tu aucune fierté ?

— Cette blessure… C'est à cause de Roncenoir ! Il m'a frappé injustement l'autre fois et… j'ai quinze graines à faire pousser, grand mage.

— Quinze graines ! Et moi des milliers, répond Alec sur un ton de reproche. Tu devrais avoir quinze fois honte. »

Puis, en saisissant une machette, il poursuit.

« Tu n'échapperas pas plus longtemps à ton devoir ! »

Alec plonge ses yeux noirs dans les profondeurs de Ketchavic, lui soulève le bras à l'horizontale et d'un rapide coup de lame, tranche au-dessus du coude. Le Ketchup a juste le temps de fermer les yeux. Quand il les rouvre, sa chair à vif se recouvre déjà d'un fin coulis rougeâtre.

« Ketchavic, au nom de Déméter, je t'ordonne de partir sans délai sur le mont Glacé pour accomplir ton devoir ! Tu nous ramèneras la peau d'un Gorteks blanc !

— Selon sa volonté, bredouille Ketchavic, un léger picotement au bras, bien conscient qu'aucun argument ne peut venir à son secours. »

Alec ouvre sa main, paume tournée vers le ciel.

« Tu renaîtras par la terre, et par l'eau, et par le ciel, et par sa graine source de toute vie. »

L'assemblée bigote applaudit la sage décision. Elle sourit d'une seule bouche. D'un sourire multicolore empreint de soulagement et de reconnaissance envers leur guide militaire et spirituel. Certains entrent en transe aux premières paroles du *Chant des combattants,* tandis qu'Alec coiffe Ketchavic d'une couronne d'osier tressé. Le malheureux supplie Dieu à voix basse. Mais son vrai Dieu est devant lui. Et c'est lui qu'il supplie en se jetant à ses pieds. Alec le regarde avec une tendresse paternelle et l'invite d'un geste de la main à courir vers son destin.

Correspondance privée

Mon amour,

Mon cher Alec, j'espère que tu te portes bien. Que les Fruip's ne t'en font pas trop baver. La vie sans toi est difficile ici. Souvent, les enfants te réclament.

Aujourd'hui, je dois t'avouer que je suis très inquiète, mais pas uniquement pour ta mutation. Tu comprendras pourquoi. C'était l'di. Il faisait chaud. Je devais livrer le linge propre au valet de la reine. Le sifflement du vent se faufilait entre les ruelles, rasant les façades pour venir frapper le sol brûlant et cracher ses volutes de poussières irritantes. Les gardes me faisaient attendre devant la porte de la haute cour quand les deux créatures sauriennes cousues en de multiples endroits, langues bifides, crânes coiffés d'une crête pourpre et ornée de scarifications hideuses, arrivèrent en zigzaguant, façon de se mouvoir qui à elle seule fait froid dans le dos. La porte s'ouvrit. Un Servifleur's répondant au nom de Rocliquot attendait tout sourire au pied de l'escalier central, une tasse de gaya chaude à la main, en guise de cadeau de bienvenue. Il s'inclina, dévoilant ses pétales rouge vif tachetés de noir à la base.

Rocliquot n'était point imprudent. Simplement, il se tenait à sa place et n'en bougeait que pour aller se désaltérer en cuisine, quand ses jambes montraient des signes de faiblesse. Comment aurait-il pu s'en vouloir d'être au mauvais endroit puisqu'il n'avait pas le choix ? À la vue de l'état de Marguetine (capturée un peu avant), dans la main de cette chose hideuse, son attitude changea. Sa bouche prit la forme d'un O, d'où aucun son ne sortit.

Orpax-tir, qui n'en avait pas assez d'une, le cueillit avec une désespérante facilité, lui colla un caillou dans le gosier pour empêcher toute protestation, puis saisit son couteau à la lame couverte de sang séché. Sans étourdir les deux Servifleur's, il les tailla en biseau. Leurs avant-bras et leurs jambes tombèrent au niveau des tibias comme quatre branches mortes ; leur sève blanche et visqueuse dégoulina entre les joints fraîchement encaustiqués des pavés. Dans un dernier soubresaut, les doigts de Rocliquot laissèrent échapper la tasse de gaya. Orpax-tir le lança à Zokraan qui l'attrapa en vol. Chacun d'eux en tenait une, serrée par la tige. Les deux Servifleur's n'ignoraient rien du sort qu'on leur réservait et pourtant, elles riaient encore et encore. Après quelques instants d'attente dans le vestibule, Orprax-tir et son acolyte Zokraan, Servifleur's hilarantes à la main, montrèrent des signes d'impatience. La garde rapprochée de Gortenaïde III, formée d'une vingtaine d'hommes aux vêtements de cuir épais, barrait la porte d'entrée. Les deux Sauriens tournaient et tournaient encore, glissant d'un pas léger, leur dos voûté, regardant du coin de l'œil les colosses de marbre, comme cherchant la moindre aspérité dans laquelle insérer leurs griffes étincelantes. Il y avait du félin dans leur attitude. Finalement, à mon grand soulagement, la double porte s'ouvrit sur le salon où patientaient le roi, la reine et trois de ses conseillers.

À la demande des gardes, ils déposèrent leur dague et leur sabre avant de pénétrer dans le palais lui-même.

Tout ceci ne présage rien de bon. Au vent froid et aveuglant de la mort, nous avons grand ouvert les fenêtres de nos maisons.

Je t'aime.

Ton Éléora

DÉLINQUANCE

Dich', juste après la messe du recueillement, un mage a été sauvagement agressé. Il s'agit d'un acte isolé, probablement dû à l'élixir d'espoir. Les coupables répondant au nom de Bananok et Cocobat ont été enfermés dans deux cachots distincts. Supplice suprême pour notre bétail que de se retrouver ainsi isolés, sans pouvoir se mêler aux autres ni s'hydrater. Sous un toit tressé en feuilles de palmier, l'écrasante chaleur les videra de leur eau jusqu'à siccité, pour l'exemple.

* * *

SCIENCES : LE LABORATOIRE DE DOCTOTRUFFE

Dans le secret d'une pièce du château, d'innombrables vases, creusets, flacons, fioles renferment breuvages et morceaux de chair colorés. De génération en génération, le groin des Doctotruffes s'est affiné, les rendant capables de créer toutes sortes d'élixirs, pour le plus grand bonheur des hommes auxquels ils sont entièrement dévoués. Ergo-Doctotruffe parle avec passion de son élixir d'espoir.

« Nombreuses propriétés il a. Nombreuses et étonnantes, *groin-groin* ! Le téméraire passe pour couard, le mollasson déborde d'une énergie nouvelle, la musculature du fluet augmente sans effort, *groin-groin*. Dès l'ingestion, *groin-groin*, les Aliâm's deviennent extrêmement nerveux et parfois même, cherchent à soumettre les femelles. Le désir primaire provoque d'incontrôlables scènes d'orgie (effet recherché) et quelques crises de larmes au goût sucré-salé. »

* * *

MODE D'EMPLOI ALIÂM'S

Voici quelques éléments de réponse aux questions les plus fréquentes. N'hésitez pas à broder, les Aliâm's sont particulièrement naïfs :

Nos ennemis communs sont les Nécroseurs, ces prédateurs invisibles, attirés par les chairs pourries, emportant les vivants, parfois même de très jeunes pousses, jusque dans le ventre de la terre.

« Qui nous enlève la nuit ?

— Les Nécroseurs, des démons nyctalopes, qui déferlent en volutes de fumée mortifères.

— Où emportent-ils leurs victimes ?

— Ils traînent leurs proies jusqu'aux marécages maudits d'Asouhan.

— Pourquoi ne les voit-on jamais ?

— Ils dorment le jour dans le désert des Caroubiers et sur les Mont Glâcés et chassent la nuit.

— Depuis quand dure cette guerre ?

— Cette guerre dure depuis des temps immémoriaux. »

* * *

BRÈVES ALIÂM'S

Roncefort, le Ronçard

« Les plus indisciplinés ? Les Beaf's, de très loin. Bien que ce ne soit pas leur pire défaut. Ils sont aussi insolents, bagarreurs et d'une redoutable saleté ! J'ai quand même un petit faible pour les Cochonailles. Un peu grognons, rien de plus. Mais les Saute-ouïes et les Pouleux ! Y en a pas un qui sait s'tenir ! Le plus dur, avant d'les corriger, c'est d'les attraper… La journée, il m'arrive de voler quelques siestes, à la lisière des bois, quand les autres Ronçards ont le dos tourné… La nuit, je dors. »

Poix, le Poireau

« Si vous cherchez à me joindre, j'attends là. »

CHAPITRE 6

L'HISTOIRE DE LA GUERRE DES CAROUBIERS

Le désert des Caroubiers fut le siège de l'une des guerres les plus sanglantes que le royaume de Solofé ait jamais eu à mener. À l'automne de l'année du roseau, l'armée des hommes était aux abois. Avec l'arrivée des fortes chaleurs, les Scorpax étaient sur le point de les anéantir. Le grand Cahador Conil Matari comprit que seule la ruse pourrait venir à bout de l'ennemi. Il attendit que le soleil fût au zénith, moment choisi par les Scorpax pour se reposer, s'approcha du grand Ravito[2], qui se trouve encore sur le pinacle de la dune des Friven et lui dit ceci :

« L'eau, source de toute vie, vous vient de l'humidité vespérale et des offrandes des Scorpax, n'est-ce pas ? »

Le Ravito, d'un noir d'encre, resta impassible. Attitude habituelle pour ces êtres extrêmement avares en expressions et plus encore en paroles.

« Et en échange vous indiquez à ces mêmes Scorpax nos positions…

— …

— À compter de ce jour, nous vous enverrons nos plus jeunes Fruip's. Des Mangues, des Coco, des Pompotes et même des Pastèques, toutes vertes. Que les plus courageux d'entre eux accèdent librement à votre tuyau désaltérant. Votre eau sera la leur. De Ravito en Ravito, vous les ferez mûrir. Quand leur peau sera bien rouge, leur ventre gonflé, leurs cheveux touffus, vous les orienterez jusqu'au mur d'enceinte du château. Là, nous les cueillerons. Quant aux couards, ceux qui voudront battre retraite et rentrer chez

---

[2] Cousin du Cactus

eux, vous les boirez jusqu'à siccité. Ceux-là seront nombreux. Ainsi, jamais plus vous ne craindrez la soif. »

Le Ravito ouvrit les yeux.

« En contrepartie ? interrogea-t-il.

— Vous orienterez les Scorpax vers l'est, loin de notre royaume. Qu'ils se perdent à jamais dans l'océan de Feu ! »

Conil Matari savait le grand danger qu'il encourrait à négocier. Un simple saut, et de grain de sable en grain de sable, la vibration pouvait transmettre aux Scorpax sa position. Mais le Ravito garda son pied ancré au sol, ferma les yeux et garda le silence, marque d'un accord qui mit un terme à la guerre des Caroubiers. Les Scorpax disparurent à jamais et les Ravitos, depuis ce jour glorieux, devinrent aussi verts et riches en eau que les Fruip's qu'ils buvaient.

CHAPITRE 7
COURSE INTERVERGERS

Dès les premières lueurs du jour, Abriambo vocifère contre les traînards sous la vigilance d'Alec et d'Amandor.

« De grands champions sortiront des rangs Fruip's, je vous le promets ! S'exclame Abriambo, l'entraîneur en chef, avec une solennité exagérée.

— Non, Abriambo, reprend le sage, de grands champions ne suffisent plus dans la guerre que nous menons. Si nous voulons l'emporter un jour, il nous faut de grands guerriers ! Tu feras donc de grands guerriers !

— Et les grands guerriers sont des coureurs rapides et endurants, dit Alec, plus que jamais préoccupé par sa promotion. »

Avec toute cette pression, Abriambo devint plus instructeur qu'entraîneur, faisant preuve d'autoritarisme, exhibant avec véhémence ses trophées incrustés à même sa chair.

« Oh, j'en ai bavé vous savez, je sais ce que c'est… »

À la moindre faiblesse, les Fruip's s'exposent à une ration supplémentaire d'exercices.

Chaque mois, les épreuves d'athlétisme intervergers réunissent les meilleurs Fruip's dans chacune des disciplines Fruip's que compte le royaume. Cette fréquence est liée à la courte espérance de vie des Aliâm's. Trois ans pour une Tarte-rouge et une Cerise ; deux pour un Kidiwi ; six pour une Patatoes et une Amande. Même si d'autres vivent beaucoup plus longtemps : douze ans pour une Noix de coco, quarante pour une simple Noix. Autant dire que certains ne doivent pas manquer l'occasion de briller. Le gagnant voit sa peau tatouée au jus du fruit de Jagua. Sur la carne orangée d'Abriambo, on en compte une douzaine.

Sept autour de la cuisse pour ses victoires au sprint. Deux autour du poignet pour le cours-suiveur. Deux autour du biceps droit pour le javelot, un sur le gauche pour le lancer de noix de coco.

Vers midi, au moment où le soleil agit comme une puissante source d'énergie, la course de dix kilomètres commence. La trentaine d'athlètes est réunie au centre de la piste circulaire. Parmi eux, il y a Amamby, Vignostien, Arcopomélos, Octorouge, Martipote et Nectabalak, Abriambo et Cerisette qui feint en se plaçant à ses côtés de ne pas voir Amamby. Elle le frôle, caresse ses cheveux noirs et épais comme des tiges de pissenlit, tenus en arrière dans une grande demi-queue de cheval tressée. Amamby la regarde. Entre deux rangées de longs sourcils, ses grands yeux bleus illuminent un visage aux lignes parfaitement dessinées. Seul le tracé de sa denture côté droit souffre d'un alignement perfectible. Sa musculature drapée d'une peau rose au vernis brillant n'est pas encore complètement développée.

Amamby ne parvient à détacher son regard que lorsque les autres concurrents sont déjà partis. Ce dernier, comme envoûté, se décide enfin à bondir en avant. Sur ses puissants appuis, muscles des cuisses et mollets tendus, la terre battue libère des volutes de poussière ocre. Alec ne rate jamais ce rendez-vous. Elle lui permet de repérer un éventuel prétendant à la course du Roi. Après une quinzaine de tours de piste, Martipote est en tête, suivie de Nectabalak et d'Amamby. Les corps multicolores, têtes coiffées de floraisons bigarrées, jouent des coudes. Les visages concentrés, joues creusées, fouettés par des bourrasques tièdes, ruissellent d'efforts. Cerisette est en dernière position, mais, en un seul tour, elle remonte son retard et colle désormais au train de Ketchavic, en milieu de peloton. La ligne droite d'environ deux cents mètres s'achève par un long virage. Les coureurs se talonnent. Il y a peu de place à cet endroit pour doubler. Sur le bord extérieur, les broussailles prolongent le sol escarpé. À l'intérieur, l'étang ourle la piste. Emporté par sa fougue, Ketchavic accélère la cadence. Le groupe de cinq coureurs se déporte sur gauche, afin de laisser passer le Ketchup qui prend la quatrième position. Cerisette le talonne. Son irrésistible remontée enthousiasme les spectateurs agglutinés tout autour. La foule scande son nom. Elle aurait dû se sentir renforcée. Pourtant, elle fulmine. Ketchavic la gêne. La cadence monte encore d'un cran. À l'arrière, Manguéanne pousse un grand cri en chutant lourdement, mélange de rage et de douleur. Le tambour retentit. Ketchavic tient bon. Devant, Martipote, Nectabalak et Amamby ont pris une avance confortable. Cerisette se décale sur la droite et relance tandis que Ketchavic double Martipote. Mais dans la manœuvre, la Pompote, furieuse d'être doublée par Ketchavic, se laisse emporter par la rage et vient brusquement fermer la corde, envoyant valser Cerisette dans l'étang.

La course s'achève dans la confusion. Cerisette remonte la berge, dépitée. Amamby, le vainqueur du jour, monte au sommet de la traditionnelle pyramide Aliâm's. Exercice facile, tant l'acrobatie est coutumière pour eux. L'Amande toise ses concurrents défaits, sourire conquérant poing levé vers le ciel.

Le soleil se couche sur le Verger. Amamby rattrape Cerisette :

« Il ne faut pas lui en vouloir…

— Cette stupide Pompote m'a éjectée !

— Tu étais loin derrière…

— J'avais encore mes chances ! Et ce aussi ce Ketchavic, pourquoi ne m'a-t-il pas laissé passer ! Et… et… »

Cerisette laisse sa phrase en suspend et se ferme. Réaction fréquente chez l'adolescente qui se mure dans un profond mutisme à la moindre contrariété. En fin psychologue, Amamby poursuit son chemin. D'ailleurs, il n'est pas d'humeur pour ce genre de futilités. De sombres pensées le perturbent.

La journée se termine par une séance d'exercices au sol et de gainage. À ce petit jeu, Cerisette est imbattable. Quand tous souffrent le martyre, elle s'amuse en les regardant grimacer. Enfin, les athlètes se dispersent. La plupart d'entre eux s'orientent vers le centre du Verger. La nuit tombe, les métabolismes ralentissent. Il faut trouver une couche confortable. Pour les Fruip's qui souhaitent dormir debout, leur choix se porte sur une litière revigorante et bien exposée afin d'y enfouir leurs pieds. Cerisette se dirige vers l'orée du Bois de Garp, au sud. Amamby la regarde s'éloigner. Contemplation dérangée par un rideau de Corniboobs. Il ne peut s'empêcher de rire, en les voyant déambuler les uns contre les autres, revêtus de leur peau grenue. L'un d'entre eux le lorgne méchamment.

« Qu'est-ce ta toi, t'as un ´blème, tu m'cherches, c'est ça ? Qu'est-ce t'as ? Qu'est-ce t'as ? »

Amamby lui fait un clin d'œil. Ils ne sont pas bien méchants, juste en colère. Comme toujours.

À quelques pas de là, Papèque, dans l'attente de sa bouture, compte ses flèches en pleurant. Amamby a envie de le consoler, mais il sait que les moments de solitude aident aussi à panser les plaies. Un pincement au cœur, il pose sa tête au milieu des primevères. Il tend le bras jusqu'à son carquois et saisit une fine branche de pin. Lui aussi doit se tenir prêt. Le royaume est assiégé par un ennemi puissant. En témoignent toutes ces armes disséminées, stigmates d'une guerre sans fin, taillées dans les nervures muettes du bois. Tout en taillant la pointe de la branche, il croise le regard d'Alec. Celui-là est tout puissant, comme ce diable de Prak le noir. Puissants et redoutable. Et si tous les hommes étaient faits du même bois ?

Amamby fronce les sourcils. Des nuages noirs lenticulés se détachent dans le ciel gris. Autour, la vie tourne désormais au ralenti. Ses jeunes frères et sœurs sont couchés sur un lit d'herbe verte. Amamby s'imagine pouvoir les défendre pendant la nuit. Chose impossible. Il le sait. À quelques pas, confondu au milieu d'une bambouseraie de Fruip's enracinés, Amandor se tient debout aux côtés de sa mère. Il la tient d'une main et de l'autre fait un signe à Amamby, pouce levé pour le féliciter de sa victoire. Amamby lui sourit. Ses yeux brillent. Il est fier de son père. Amandor le Sage. Respecté de tous. Bras droit d'Alec. Un homme bon, modéré dans ses propos, et extraordinairement courageux. Ce sera la dernière image qu'il gardera de lui. Pendant la nuit, les Nécroseurs frapperont encore. Aveuglément. Et cette nuit plus durement qu'aucune autre.

MODE D'EMPLOI ALIÂM'S

Le mont Glacé est à huit jours de marche. Depuis la nuit des temps, chacune des provinces du royaume de Solofé y envoie ses Aliâm's bien mûrs. Tous savent instinctivement comment s'y rendre. Cette zone qui surplombe les fortifications « est infestée de Gortek's blancs à la toison ouatée et à la peau durcie par le froid glacial des montagnes qui balancent d'énormes blocs de pierre sur la vallée, provoquant de très nombreuses victimes innocentes… » On dit qu'il faut dix Pommes pour tuer un Nécroseur, vingt pour un Scorpax et mille pour un Gortek's blanc. N'hésitez pas à broder autour de cette fable, les Aliâm's adorent avoir peur !

* * *

QUI S'EN FOUT ?

Pour les Aliâm's, les fruits et les légumes sont les armes qui leur permettront de se battre contre les Nécroseurs… Le génie de notre civilisation est d'avoir réussi à organiser le transport alimentaire par les Aliâm's eux-mêmes.

L'instinct très développé des Aliâm's compense leur faible intelligence. Aucun d'eux ne sait lire ou écrire. Peindre et causer sont les deux principaux vecteurs de transmission d'un savoir tribal.

CHAPITRE 8
L'ASCENSION DE KETCHAVIC

Instinctivement, Ketchavic s'oriente vers le nord. Un Ronçard, silhouette grêle caractéristique, lèvres retroussées, prêt à mordre, le lorgne avant de grogner. Traîner en chemin est très mal vu. Ketchavic doit activer le pas, faute de quoi une volée d'épines pourrait bien écourter son périple. Et il a déjà sa dose de malheurs. Après la rivière, Ketchavic traverse sans entrave une vaste fruticée d'argousiers aux fruits ovoïdes orangés. Il marche tout le jour durant jusqu'à l'obscurité. Vidé de son énergie, il pose son lourd chargement de fruits et décide de trouver un terreau fertile. Il y passe la nuit avant d'être réveillé par le piétinement d'un écureuil indélicat. Devant lui la montagne glacée se dresse dans l'aurore hésitante. Il porte ses mains à sa bouche, boit l'eau qui les a emplis pendant la nuit et se remet en marche. Le premier jour d'ascension est relativement facile. Ketchavic est un vieux Ketchup, bien qu'il ait environ le même âge que ses amis Amamby et Papèque. Vieux, manchot, esseulé, mais encore très vigoureux ! Le front se trouve beaucoup plus haut. L'ordre de mission est clair : « Là où la neige diapre les rochers, à environ huit jours de marche ». De rocher en rocher, il saute, toute son attention déployée à trouver l'arrière-ligne. Le ravitaillement en fruits et légumes est vital.

Mais au troisième jour, un froid à pierre fendre commence à entamer ses forces. Jamais il n'a souffert du froid. D'ailleurs, l'idée ne lui est jamais venue que l'on puisse en souffrir. Sensation étrange. Il se sent lesté d'un poids. Comme si chaque fibre de son corps était reliée au sol par un élastique. Ses jambes tournent au ralenti. Chaque pas devient plus lourd que le précédent. Au fur et à mesure qu'il grimpe, la fatigue et la morsure du froid cèdent la place à une forme de détachement, de quiétude. Au matin du quatrième jour, ses muscles ne répondent quasiment plus. Au sol, les Collemboles le doublent à une vitesse folle. Plus haut, à deux pas, le dos d'un Fruip's jaune vif perce l'opaque rideau de neige. Extrêmement lentement, Ketchavic s'en approche, touche son épaule gelée. Le Trèspréssé reste immobile. Ketchavic fait le tour de cette statue de glace. C'est le vieux Trevis-Philipresse, parti le même jour que lui. Son visage est recouvert de givre. De ses lèvres, aucun son ne sort. La mise en garde vient de ses yeux. Un hurlement. Ketchavic comprend.

« SAUVE-TOI ! Redescends tant qu'il est encore temps ! »

Mais il est déjà trop tard. La nuit menace. Et avec elle, la température. Une bourrasque glaciale fouette son visage. Ketchavic le Ketchup, père de famille nombreuse, ami d'Amamby et de Papèque, sprinteur imbattable et pathétique lanceur de noix de coco ne peut plus avancer d'un pas. De rage, il serre le poing. Son histoire ne peut s'achever sans combat. Il ne rêvait pas d'un combat héroïque. Mais combattre au moins. La neige cesse de tomber. Un rayon de soleil perce le ciel gris pour s'abattre sur son nez camard. Un message divin pour son esprit brumeux. « Regarde devant toi ». Il lève la tête vers la cime. Ils sont des milliers, immobiles, tournés vers la ligne de front, battus. *Comme tous mes frères d'armes, j'ai échoué,* semble penser Ketchavic, une morne stupéfaction au fond des yeux. *Oui, j'ai échoué face à un ennemi invisible.* Autour de sa taille, encore dans son fourreau, son coutelas, endormi pour l'éternité.

CONFESSIONNAL

Amamby

L'di.

« Je suis anéanti. Je ne cesse de pleurer. Dieu tout puissant, donnez-moi la force de consoler ma mère. Cette nuit, mon père a été enlevé par les Nécroseurs. Comment est-ce possible ? Ces démons ont certainement fait une erreur ! Je le connais, mon père n'est pas un lâche. S'il s'était senti pourrir, il se serait engagé spontanément dans les légions du soleil. Je vous en supplie, protégez-le, et si le pire advient, ouvrez-lui grand vos bras miséricordieux. »

* * *

Mec'di

« Le doute s'est installé en moi. Alors, avant la tombée de la nuit, je me suis introduit dans votre maison. L'obscurité ralentissait mes gestes. Au fond, j'ai vu une lumière. Je me suis approché sur la pointe des pieds. À part la lune et le soleil, je n'avais jamais rien vu d'aussi brillant. Derrière, Alec était tranquillement assis, son visage éclairé par une pierre. Plus je m'en approchais et plus je devenais vigoureux. Mes cheveux reprenaient du volume, mes pupilles se dilataient, la voûte de mon dos se redressait fièrement. Ce vif regain d'énergie était un cadeau inespéré. Merci, seigneur. Vous avez accompli un miracle. Cette pierre était l'enfant du soleil. Si j'en possédais une… et si je la portais, je pourrais déambuler à ma guise dans le Verger endormi, explorer *incognito* les alentours et même voyager jusqu'aux confins du royaume à la faveur de l'obscurité ! Et tapi dans le silence, derrière un tronc, ou immobile, feignant un profond sommeil, je guetterais les Nécroseurs, plein d'énergie, pour tous, jusqu'au dernier, les tuer !

Naturellement, j'ai eu envie de partager ma formidable trouvaille. Je me suis avancé vers Alec, prêt à crier ma joie de tout mon noyau. Crier que tout allait s'arranger. Que nous pourrions retrouver mon père. Qu'un tournant décisif dans cette interminable guerre propulserait le royaume dans une ère de paix, d'amour et de légèreté. Heureusement, mes récents malheurs ont fait germer en moi un immarcescible doute. Alors je me suis arrêté net. De toute évidence, le fils du soleil pouvait nous aider à nous défendre. Mais alors pourquoi Alec n'y avait-il pas pensé avant ? Pourquoi cachait-il une arme si puissante ? Qui d'autre que lui pouvait témoigner de l'attaque nocturne qui venait de me priver de mon bien-aimé père ? Pourquoi cet homme, un mage élevé au rang de demi-dieu pour des faits de guerre d'un extraordinaire héroïsme, restait-il assis là paisiblement tandis que notre grande famille Aliâm's se faisait probablement massacrer à quelques pas d'ici ? Et s'il n'était pas celui qu'il prétendait être ?

Je me suis reculé jusque dans l'ombre impénétrable du mur. Alec attachait précautionneusement un message dans la patte d'un papillon avant de le laisser s'envoler. Des reflets rougeâtres dansaient sur son visage. Il s'est levé, a rangé jalousement la pierre lumineuse dans le fond de sa poche. Un noir d'encre m'a emporté. À peine le temps d'une pensée. Une pensée fugace qui réchauffa mon noyau. Une lueur d'espoir. Enfin, mon peuple allait lutter à armes égales contre les Nécroseurs et je pourrais retrouver mon père Amandor. »

* * *

Ketchatop, fils de Ketchavic.

« Ô Déméter, prend pitié de mon père Ketchavic, de sa chair sucrée. Vers les Gortek's blancs des monts Glacés, il court et élève son âme. Protège-le, et avec lui son arbre, source de toute vie. Quand Alec décida de son départ, l'assemblée commença à chanter en chœur, et moi j'étais fier et je pleurais. »

CHAPITRE 9

BANQUET HUM'S EN L'HONNEUR DES SAURIENS

Au centre d'un pavement de mosaïques multicolores se tient le banquet. Devant, le roi, assis sur son trône de branches convolutées. Tête ceinte d'une couronne en or sertie de diamants, la reine. Ils sont accompagnés de leurs trois plus importants conseillers. Tous les cinq ont une forte corpulence et sont richement vêtus. Les deux Sauriens se dirigent vers la tablée, fleurs tendues.

« Quelle gentille attention de votre part, prince Orprax-tir ! Vous avez soif, n'est-ce pas mes chéries ? dit la reine, un peu dépitée de voir qu'elles ont perdu la plupart de leurs pétales. Rosaride, peux-tu me les vriller, et vite les plonger dans un vase d'eau bien fraîche ? Ah oui, j'oubliais, ôte-leur une dent à chacune, que l'on puisse dès à présent les disposer sur table. Elles sont tout excitées…

— Ma reine apprécie votre offrande, remercie Gortenaïde d'un air détaché. Nous ferez-vous l'honneur de boire un verre avec nous ? »

D'un hochement de tête, Orprax-tir accepte. Dans la seconde qui suit, trois magnifiques Vignasses s'approchent d'un coin obscur de la pièce, tuyau désaltérant pincé entre leurs deux doigts. Évidemment, on les a copieusement gorgés d'alcool. Leur démarche d'ivrogne fait rire l'assemblée, à l'exception d'Orprax-tir et de Zokraan, très avares de ce genre de marque de faiblesse. Au pays des Squameux, on ne dévoile pas ses émotions.

« Je vous en prie mes amis, goûtez ! »

Après un instant d'hésitation, Zokraan approche sa main de la plus grosse grappe et en tire du dessous un grain violet qu'il porte à sa bouche. Il le fait rouler plusieurs fois sous son palais puis d'un geste de la tête marque son consentement. Alors, d'un jet puissant, le Vigneau remplit son verre. Satisfait, Gortenaïde joue pompeusement les œnologues mondains, car c'est l'apanage des rois de produire le meilleur des vins.

« Celui-ci est un Vigneau mourvèdre, un cépage très prisé chez nous. Mais sa reproduction est rendue extrêmement difficile par un besoin important d'ensoleillement. Et aussi, pour enfruiter et libérer ses arômes, croyez-moi, c'est toute une histoire. Sans compter que ce Vignasse est têtu, très têtu. Combien de fois a-t-il refusé de sourdre de mauvaiseté ! »

Puis, le roi goûte un autre Vignasse, en arborant un air grave. Passé quelques savants mouvements de bouche, il précise :

« Fruits noirs, un arrière-goût boisé et de figue. Et une note de cerise, peut-être. Mais je suppose qu'après une si longue traversée, vous devez être morts de faim ! Rosaride, apporte-nous vite l'entrée ! »

Prestement, Rosaride s'éclipse quelques instants et réapparaît avec une ribambelle de Gum's liés entre eux par une longe. Bien que tous ne soient plus entiers, physiquement, ils ne souffrent pas. Mais leurs traits sont creusés par la peur. Le premier d'entre eux, un Patatoes, a une main en moins. Derrière, un Betteraveux précède un Concon, lui-même précédé d'un Râpé et enfin, pour refermer la marche, un Popcorn, auquel la peau granuleuse et orangée confère un aspect très différent de celle de ses amis d'infortune, porte dans ses bras un Brûle-gueule. Tous baissent la tête, priant pour qu'on les épargne.

Dans les yeux des deux barbares brille la merveilleuse surprise : en ces frontières si proches des terres Kootis se trouve plus d'opulence que dans les seins sacrés des monts Crasoks.

Orpax-tir lorgne la brochette de Gum's. Il les palpe un à un jusqu'à s'arrêter devant le Concon. Soudainement, il demande le couteau au cuisinier qui se tient à côté. Celui-ci hésite, mais le roi l'y autorise d'un geste de la main. Qui oserait attaquer un roi dans son palais ? Orpax-tir prend le couteau et découpe dans le flanc vert et spongieux de Concosse. Alors que la mort incarnée le spolie sans vergogne de son plus tendre morceau, le Gum's chancelle avant de s'évanouir lourdement aux pieds de son bourreau. Orpax-tir porte la nourriture à sa cavité nasale.

« Cccce n'est pas viande ! »

Il jette le morceau insipide au sol.

Le malaise devient palpable. Un long portant, sur lequel sont accrochés par l'échine une Vachimelle, un Saute-ouïe et Bellambre la Belleuse, roule jusqu'à la table. Les pieds des plus grands effleurent à peine le sol. Leur fourrure est encore trempée, car on les a lavés pour atténuer l'odeur pestilentielle de la peur. Dans leur bouche, une boule de bois étouffe leur supplice. Ces trois Aliâm's, au caractère très différent, envoient la même expression d'effroi en direction du banquet. Leur regard croise ceux qu'ils considéraient la veille encore comme des demi-dieux. Leurs sourires sont devenus sadiques, indifférents ou gênés. Ils comprennent. Rien d'autre que la franche lame d'un couteau ne viendra les libérer de leur vie de mensonge.

La magnifique Bellambre, amie d'enfance de Sanglia, est choisie. Elle commence à se débattre, ses pieds pédalant dans le vide. Sans hésiter, Zokraan lui tranche un morceau de gigot. À son tour, la Belleuse s'évanouit. Zokraan goûte la viande crue en y plantant ses dents pointues. Il paraît satisfait.

On convient de faire défiler les Fruip's un peu plus tard, pour le cas où il resterait un peu de place dans les estomacs. Le dessert, aux dires des fins gourmets présents, promet d'être succulent.

CHAPITRE 10

PAPÈQUE ET PASTOPHIE PARTENT EN GUERRE

« Comme ta nouvelle jambe est laide. Et deux fois trop petite ! lancent en écho la douzaine de Corniboobs autour de lui. Et ce tuteur sur le côté de ta cuisse ! Une erreur médicale, pas moins. Moi, j'en n'aurais pas voulu ! »

Papèque répond, désespéré :

« Je le sais. Moitié Cochonaille, je suis devenu. Et si mon corps tout entier devenait Cochonaille, mon nez gros et rose, et qu'il me commandait sans cesse de renifler ? »

Pastophie leur répond :

« Tous nos amis sont partis en guerre ou ont disparu. Même diminués, nous devons partir affronter notre destin ! »

Tenant toujours Pastophie par les cheveux, Papèque se dirige vers le poste de Roncéanne, se plante de guingois devant elle et lui annonce d'une voix assurée :

« Donne-nous des munitions. »

La Ronce remplit une hotte de vendange d'une main de Bananes, d'une quinzaine de doigts de Pastèques, de deux Melons et d'une vingtaine de Pommes.

« C'est tout ce que tu fourres dans notre panier ? demanda Pastophie, inquiète.

— La route est longue jusqu'au désert, le dos de ton chéri va souffrir.

— Charge en plus, répond Pastophie, le mien ne souffre plus. Encore une poire… Parfait… crois-tu que cela suffira ?

— T'en fais pas, ils vont vous accueillir en héros avec tout ce que vous emportez !

— Je ne voudrais pas t'importuner, mais veux-tu bien m'expliquer comment utiliser les munitions ? Demande Papèque. Tiens, les melons, par exemple ? »

Roncéanne marqua un temps de pause.

« Les catapultes les balancent loin sur les secondes lignes. Parfois, jusqu'au campement ennemi. Elles causent d'importants dégâts.

— Ahhh ! fit Papèque, satisfait de cette réponse. Et les Bananes ?

— Leur forme oblongue permet une bonne prise en main. Tu dois y planter des aiguilles de Cactus dans une extrémité et viser le plus loin possible.

— Je peux essayer ? fait Papèque en saisissant une banane.

— Non, surtout pas ! Faut pas gâcher les munitions ! Mais rassure-toi, tu apprendras le maniement des armes sur le tas.

— D'accord, répond Papèque en faisant la moue. Mais j'aimerais quand même savoir deux ou trois trucs, au cas où, sur le chemin…

— Très important, si un truc louche te suit, balance-lui des pommes. Ça l'obligera à dévoiler ses intentions. Si c'est un enfoiré de Nécroseur, laisse-le venir et *BAM !* un melon sur sa grande gueule ! Le melon, c'est une excellente arme de proximité.

— Et c'est tout ?

— Bah ouais, c'est tout. La guerre, c'est pas compliqué… »

Papèque chargea sa hotte. De dos, on ne voyait que son pied droit, le bout de sa prothèse et la tête de Pastophie dans la continuité de sa main. Puis sans attendre, il se mit en marche.

Correspondance

Éléora, ma chère et tendre épouse,

Je comprends ton inquiétude, mais notre roi est le troisième de la grande lignée des Gortenaïde. Il sait ce qu'il fait. Et puis, dans toute la longue histoire de notre royaume, les Sauriens n'ont jamais représenté une sérieuse menace pour nous, contrairement aux Scorpax !

La nuit dernière, j'ai prélevé une Manguelice. Je sais ce qui l'attendait à la livraison. Pour dire vrai, je m'en accommode assez bien. Rappelle-toi mes remords du début. Un incroyable sentiment de toute-puissance m'emplit désormais. Découper, châtier, condamner, mentir, tuer, m'est devenu naturel. Enfin, tuer… On dit récoltuer. Dire « j'ai tué un Râpé » peut sembler ridicule aux yeux de certains. Mais dire « j'ai récolté un Râpé »… Non, vraiment non. Il faut les voir grandir pour comprendre. Un Râpé n'est peut-être pas un homme, mais hormis sa couleur et son goût, ça n'est pas non plus une carotte. Du coup, « récoltuer » est un terme que je trouve plus approprié. Et plus facile à mettre en œuvre dans les fermes et les potagers, vu que les Beaf's et les Gum's sont beaucoup moins attachants que les Fruip's. À part certains. Les Saute-ouïes et les Bêleux, par exemple… Ou chez les Gum's, les Patatoes avec leur amicale bonhomie. Mais en règle générale, les Beaf's sont sales et agressifs et les Gum's plutôt indolents. Je me souviens que ma première récoltuerie avait été difficile. Je m'y étais repris en plusieurs fois. Contrairement à Prak, même dix ans après mes débuts, je le fais toujours sans éprouver le moindre plaisir, mais pour être tout à fait honnête, sans dégoût. Après tout, ceux qui ont la chance de mourir la nuit sous ma lame ne souffrent pas. Quant au sort réservé aux autres, ceux que j'envoie au « front », je ne suis pas là pour voir leur fin.

Dans le lot, il y a une Amande que je ne compte pas récoltuer. Il s'appelle Amamby, fils du défunt Sage Amandor qui doit être au dépeçage à l'heure qu'il est. Si tu le voyais ! Il est rapide comme l'éclair, d'une endurance surprenante pour son âge et d'une grande intelligence. Je me demande s'il n'a pas tout compris. Probablement notre meilleur candidat à la course du roi. Grâce à lui, ma mutation n'est plus impossible.

Fais bien attention aux enfants pendant mon absence.

Je t'aime.

Alec

Chapitre 11
LA FERME

« On a trouvé cette Frutaille dans les parages, s'agace Prak le Noir avant de commencer l'interrogatoire.

— Dis-moi l'Amande, comment es-tu parvenu jusqu'ici ? Il y a plus d'une journée de marche.

— J'étais presque arrivé à la ferme quand le soleil s'est endormi derrière la cime des arbres.

— Tu sais qu'il est interdit par le divin de s'en approcher ?

— Oui, Noir-mage, je le sais, mais…

— Qu'est-ce qu'on va faire de toi, maintenant ? »

Puis en le prenant par le bras, il poursuit :

« Que veut Ouarf pour les fuyards ?

— À mort ! crient les Beaf's en se léchant les babines. À mort ! À mort !

— Faites donc ce qu'il vous plaira, prévient Amamby. Coupez-moi un bras, mangez-moi entièrement, mais je ne vous dirai jamais ce que j'ai vu !

— Ce que tu as vu ? Foutaise ! lance Prak ! Il n'a rien vu ! »

Mais tout autour, les yeux exorbités des Beaf's rongés de l'intérieur par leur curiosité maladive veulent savoir.

« Si, j'ai vu !

— Alors, dis-nous ce que tu as vu !

— Non, dit Amamby en tournant la tête.

— Comment ça, non ? fit Prak en levant sa machette.

— D'accord, d'accord, j'ai vu, pendant la nuit… un Nécroseur ! »

Décontenancé, Prak se sent embarqué sur une pente terriblement glissante. Comment cette idiote d'Amande peut-elle affirmer pareille ineptie ? Et aussi, depuis quand les Fruip's sont-ils capables de mensonge ?

Mais il est déjà trop tard. En cercle, les Beaf's interrogent :

« Tu as vu un Nécroseur ?

— Comment était-il ?

— Avait-il quatre ou cinq pattes ?

— Avait-il un seul œil ?

— Sa peau ? De quelle couleur était sa peau ?

— Menteur ! s'emporte Prak. Ne viens-tu pas de dire à l'instant que le soleil était tombé ? Tu devais donc dormir !

— Oui, Noir-mage. Mais j'ai réussi à rester éveillé. »

Les exclamations reprennent.

« Comment as-tu réussi à rester éveillé en pleine nuit ? fait Prak, de plus en plus circonspect. C'est impossible ! Explique-toi ! Mais explique-toi donc !

— Avant qu'il se couche, j'ai fixé le soleil droit dans les yeux.

— Tu as fixé le soleil droit dans les yeux ?

— Oui, tout droit. Et juste avant qu'il ne disparaisse, j'ai retenu ma respiration. Oui, je l'ai retenue longtemps. Comme quand je nage au fond de la rivière. Quelle idée idiote de respirer la nuit ! Personne ne le fait dans l'eau. Alors pourquoi le faire dans le noir ?

— Et ?

— Et aussi, j'ai récité en boucle la prière des courageux.

— C'est par la grâce de Ouarf, entend-on sortir des bouches. Ouarf nous vient enfin en aide !

— Taisez-vous tous ! Jamais sa déesse Déméter ne le laisserait courir en pleine nuit ! C'est de la sorcellerie !

— Tout à coup, poursuit Amamby sans attendre que le brouhaha ne retombe et tout en fixant Prak au fond des yeux, j'ai pensé à Amandor, à mes amis Papèque et Ketchavic, à Pastophie et à tous ceux partis en guerre. Peut-être en avez-vous entendu parler ? lance-t-il à Prak, les yeux pleins de suspicion. »

Car Amamby n'a pas oublié ce que Prak et les Sanglipoils ont fait à ses amis Papèque et Pastophie.

Amamby soutient les regards. Après un bref instant de silence, il poursuit.

« Et alors que j'aurais dû m'endormir, j'ai débordé d'une énergie vengeresse. Mes jambes sont devenues plus rapides que jamais. Je n'avais plus besoin d'air, je n'avais plus besoin d'eau. J'étais prêt à plonger dans la forêt charbonneuse pour les tuer et même les manger ! Toute la nuit, j'ai couru ainsi. J'étais à bout de force. Le jour s'est levé, le Nécroseur a fui en grognant désespérément et en me jetant des pierres. Mais je n'ai rien lâché, relançant, les jambes en feu, même dans la côte des Blés. Je l'ai vu bifurquer sur le mur au nord et alors que je m'apprêtais à mettre la main sur ce monstre en coupant par la plaine, les Ronçards m'ont encerclé ! »

La colère et la protestation grondent contre les Ronçards. Pour la première fois, un vent de révolte souffle sur la ferme. Amamby n'en finit plus de fixer Prak. Pris à son propre piège, le mage n'a d'autre solution pour reprendre le contrôle que de suivre l'ire des Beaf's que rien ne semble pouvoir contenir.

« Toi, Amamby, coupe Prak solennellement, tu connaîtras ton sort au petit matin. En attendant, enfermez-le au cachot ! Quant à vous, mes fiers soldats, tous à vos armes ! Si le Nécroseur est encore dans les parages, nous le trouverons et le brûlerons ! »

Tandis que les Ronçards font profil bas, que les Beaf's courent en grouinant, en grommelant, en meuglant, en bêlant ou en couinant à tue-tête, Prak et Amamby se font face, visages figés, diffusent dans leur soudaine pâleur une onde de haine silencieuse.

BRÈVES ALIÂM'S

Cocobat, le Coco

« On dit que vous êtes un dur à cuire.

— 'Sais pas, moi, ce que les gens disent…

— Que rien ne vous résiste. Pas même les rochers.

— Ahhh, les rochers… Quelle blague ! Qu'un seul ose, d'un coup d'épaule j'en fais du sable. À condition qu'il m'ait vraiment énervé.

— Comment un rocher peut-il vous énerver ?

— Euhhh… »

* * *

Amandance, l'Amande

« Je suis la seule capable de tresser à peu près n'importe quel objet. Quelques branches de saule, de cornouiller sanguin, de houblon ou de jonc et comme par magie, je peux confectionner en un temps record un seau, un vase, un nichoir à oiseaux ou bien, sans plus de difficulté, un chapeau. »

* * *

QUI S'EN FOUT ?

Servifleuristerie : après la taille, votre Servifleur's est trop dissipée ? La technique, ancestrale, est de lui arracher une dent. Vous gagnerez ainsi un jour entier de tranquillité !

Contrairement au verger, la ferme est pavée de quelques constructions communes et de très nombreuses huttes. Les Beaf's ont peur de dormir à la belle étoile.

CONFESSIONNAL

Amamby - L'di matin

« Pardonnez-moi, car en sortant de votre maison, j'ai péché. J'ai profité de ce moment de folie que l'élixir d'espoir provoque pour comploter. L'aide de mes amis fut précieuse. Je n'attendais pas si parfaite diversion. Ici, Joce Tartenoire dansait un dangereux pogo. Là, Pomatthieu enchaînait sans raison des pompes à un rythme effréné. Et Julie-Chantyfraise s'esclaffait au nez et à l'épine de Roncenoir, ce qui avait le don d'exaspérer ce Ronçard, en temps normal déjà peu commode. Dans cet indescriptible tohu-bohu, un Politruffe, visage hideux, crut bon de prévenir Alec, qui accourut sans tarder. Au moment où, concentré à donner ses directives, son attention baissa, Cocobat en profita pour le tamponner violemment sur son flanc gauche. Alec ne vit pas le coup venir et se retrouva à terre, le souffle coupé. Un Politruffe tenta d'agripper ce fou de Cocobat lorsqu'une bagarre générale éclata. Dans la confusion, je feignis d'aider Alec, tourneboulé, sa soutane couverte de terre. Ma main gauche le releva, tandis que l'autre se glissa subrepticement dans sa profonde poche. Ses yeux embrumés par la colère n'y virent que du feu. Tel un prestidigitateur, je l'allégeai de son très précieux enfant du Soleil. »

* * *

Amamby - M'di

« Juste avant de sombrer dans le sommeil, j'ôtai les épines de pin, découvrant la carapace poreuse de l'Enfant du Soleil. Mes muscles devinrent vifs comme lors d'un beau matin d'été. À peine quelques minutes après m'être plongé dans ce bain magique, j'entendis approcher les pas caractéristiques d'un Politruffe. Depuis mon espace confiné, je ne pouvais voir qu'à l'extérieur, le sapin tout entier brillait comme une lune. Son manteau vert n'était pas étanche à la lumière. Les Ronçards commencèrent à rappliquer. Leur vivacité brisait les branches à un rythme effréné. Je compris mon erreur et enterrai l'Enfant du Soleil plus vite que je n'aurais déterré le plus précieux des trésors. Instantanément, la nuit protectrice nous enveloppa. Mais il était trop tard. Autour du sapin, cinq hauts Ronçards avaient rejoint Polirot qui se rendormait déjà.

Avant de sombrer moi aussi, je jetai mes dernières forces dans la recherche d'une cachette. Dans la nuit d'encre, les Ronçards tournaient. L'un d'entre eux se décida à traverser les branchages. Ses bras tendus en avant, longs, épineux et comportant deux coudes se terminant par deux mains de dix doigts chacune, sondaient avec avidité le ventre noir du sapin. Le Ronçard s'enfonça jusqu'au tronc. Là, il s'immobilisa, perça l'obscurité de ses petits yeux fourbes, puis au bout d'un moment cria :

« Y a rien là-dedans, à part des araignées ! »

Au petit matin, j'étais toujours perché en haut de la cime mouvante du gigantesque sapin. »

* * *

Amandance - Mec'di après-midi

« Amamby m'a demandé de lui tresser un chapeau « parfaitement hermétique ».

« Pourquoi aurais-tu besoin d'un chapeau hermétique ? lui ai-je demandé.

— Et aussi une couverture.

— Une couverture ? Parfaitement hermétique, je suppose ?

— Oui, hermétique. Par-fai-tement hermétique.

— Parfaitement hermétique, ai-je répété, intriguée. »

Je me demande ce que manigance mon tendre Pépinos. Cette Cerisette lui fait tourner la tête et je n'aime pas ça. Il n'est réapparu qu'en fin d'après-midi. Sans dire un mot, il m'a serrée dans ses bras avant de parti prestement, couverture sous le bras, coiffé de son magnifique haut-de-forme. »

* * *

Amamby - J'di

« Mes cheveux offrent à l'Enfant du Soleil une litière confortable. Il est recouvert de mon chapeau. Comme des rais de lumière descendaient de mes tempes, effleuraient mes joues jusqu'à inonder le sol, j'appliquai entre ma peau et mon chapeau un épais joint terraqué. Mon idée fonctionne à merveille. »

Chapitre 12
DÉCOUVERTE

En pleine nuit, chapeau sur la tête, Amamby s'introduit dans l'arrière-salle de la Démétogue. Il y a, tout au fond, une grande charrette recouverte de feuillages. Il s'approche, la gorge serrée, grimpe sur la roue, se penche bras en avant, soulève une, puis deux branches. Dessous, des corps enchevêtrés, le bras de Ketchavic, facilement reconnaissable au tatouage de clématites pourpres enroulées au-dessus de son coude, qu'il avait gagné à la course d'hiver. Et puis, il voit un pied d'Amande. Il saute, fou de rage dans la charrette. Son noyau bat à tout rompre. Il pousse le corps d'un Betteraveux, puis d'un deuxième. Ils sont tous là, ceux qui ont disparu la veille, y compris son père Amandor, visage figé, mais souriant, comme si la Grande Faucheuse, dans son immense perfidie, avait attendu un rêve heureux pour le tuer. L'Amande réprime un hurlement d'horreur, la dépouille de son père contre son torse.

Il entend approcher des bruits de pas. Ils sont au moins deux, plus un cheval. La double porte qui donne sur l'arrière de la Démétogue s'ouvre. Il s'allonge à côté de son père, immobile. Une fois le cheval harnaché, la charrue roule le long des sentiers accidentés puis après une heure environ, s'arrête devant un bâtiment en bois où attendent deux Ronçards qui échangent un regard entendu. Il choisit ce moment pour sauter discrètement à l'arrière et pour courir se cacher derrière les buissons. Une fois le macabre chargement transporté à l'intérieur, le chariot part et la porte se referme.

Il fait le tour du bâtiment bordé par la forêt. La façade la plus longue donne sur la place principale de la ferme. Le sifflement d'une lame fend l'air jusqu'à claquer contre le bois dur. Après quelques instants, le bruit cesse. Les

Ronçards accrochent sur le bord des ouvertures de longues mangeoires en zinc. Des morceaux de corps bigarrés facilement identifiables y sont mélangés, le projetant dans une réalité toujours plus cruelle. Un Sanglipoil s'approche, épaules larges penchées en avant. Sortis de nulle part, un Laineux, cheveux hirsutes blancs, et deux gros Cochonailles encore somnolents lui emboîtent le pas. Devant l'alignement des mangeoires, chacun choisit son morceau. Au choix. Le vert de la Poire, le jaune du Bandard, le rouge d'un bras de Ketchup, celui de Ketchavic. Un Sautouï approche en sautillant. Il hésite nerveusement entre deux : le Ketchup ou l'Amande. L'axe de son museau remue. Il porte le doigt d'Amande à sa bouche. Amamby serre les poings. Les deux dents pointues croquent à une vitesse effrénée le Fruip's du sacrilège avec une sorte de félicité sauvage. La première phalange et l'ongle résistent par des craquements. Le Saute-Ouïe termine la main en arborant un air satisfait.

Amamby fuit l'insupportable horreur. Entre les arbres, il zigzague à toute vitesse, porté par son dégoût et sa haine. Les Ronçards, toujours à l'affût de la moindre fausse note dans le chant du bois, l'entendent et se lancent à ses trousses. Au bout d'une heure, pensant les avoir semés et écrasés par la peine, l'Amande s'écroule au pied d'un chêne centenaire.

En moins d'une lune, des racines aux nuages, son monde s'est effondré.

MYSTÉRIEUX PHÉNOMÈNE AU VERGER

Nous sommes aux côtés du Rouge-mage qui essaie de comprendre le phénomène nocturne rapporté par Polirot et cinq Ronçards.

« J'ai vu le dieu des arbres. Il brillait ! lance Militrot.

— Une simple hallucination, tempère Alec.

— Moi aussi j'ai vu l'arbre briller, confirme Ronçagne. Je l'ai vu ! Il était habité par l'esprit de la rivière. Même qu'il était bleu. Bleu comme de l'eau.

— Et qu'as-tu fait ?

— Eh bien, je l'ai fait fuir en entrant dedans, fait-il sur un ton de regret.

— Il n'était pas bleu, mais jaune ! dit Polirot.

— Bleu ! s'entête Ronçagne.

— Certainement pas ! Rouge ! lance Rontic. »

Il pourrait s'agir du simple reflet de la lune bleuâtre sur les feuillages, nous confie un Scientitruffe.

* * *

BRÈVE ALIÂM'S

Patatoc, le Patatoes

« Pourriez-vous nous dire ce que vous pensez de la course du roi ?

— Bah, moi j'dis qu'c'est triste pis gai à la fois. On dit merci aux athlètes parce qu'ils nous donnent de l'espoir. L'espoir de jours meilleurs. On a besoin d'eux.

— Pourquoi, triste ?

— Parce qu'on est quand même dans la mouise avec c'te guerre qui n'en finit plus…

— Allez-vous y participer ?

— Niet, j'cours moins vite qu'une montagne. Nous autres Patatoes, on s'ra jamais grand Kahador, mais on s'engagera toujours sans traîner les pieds ! Pis on soutiendra Râpi. Y a pas à dire, c'est un vrai héros.

— C'est important pour vous qu'il gagne ?

— Évidemment ! Un héros, ça oublie jamais d'où il vient. Après son sacre, Râpi reviendra nous délivrer, ouais ! »

***

QUI S'EN FOUT ?

L'activité physique canalise l'agressivité naturelle des Aliâm's et facilite leur élevage. Les ressorts psychologiques, que le mage emploie pour les calmer, sont primordiaux. Par exemple, le jeu, les courses ou le travail au champ, dans un esprit de compétition et de dépassement, ont prouvé leur efficacité. Les Beaf's doivent bénéficier d'un régime particulier en se reposant 1/4 de leur temps afin de favoriser l'accumulation de graisse sous leur peau, ce qui rend leur chair plus goûteuse.

Chapitre 13
SOLEIL SUR LE MONT GLACÉ

Un premier rayon formidablement chaud et concentré irradie la peau de Ketchavic. D'abord ses cils puis ses sourcils décongèlent. Une perle roule sur sa joue. Le Ketchup retrouve ses couleurs. La vie coule jusqu'à ses lèvres. Au soir du deuxième jour, un peu avant la chute vertigineuse des températures nocturnes, il réussit à faire basculer son corps sur le côté. Le pendant de son ascension longue et fastidieuse est une descente en roulés-boulés, rapide et facile. Sa tête et son corps tournoient et tournoient encore et quand enfin Ketchavic est arrêté par un gros rocher, il s'y adosse sans la moindre égratignure et s'endort. Le lendemain, une pluie fine ruisselle sur sa peau rouge. Il pose sa main sur son torse. Sa chair est redevenue souple.

Dans le large couloir qui fend la montagne, trois éleveurs s'approchent, emmitouflés dans leur manteau recouvert de givre. À côté d'eux, un âne chargé de deux énormes paniers avance péniblement. Ketchavic a eu tout le temps de les voir à l'œuvre. Il jette un œil autour de lui et n'aperçoit aucune munition. Le sol est recouvert de cailloux, d'inoffensifs cailloux. Les cueilleurs font le tour du gros rocher. Le plus grand sort une longue scie du panier. Ketchavic serre ses doigts autour d'une pierre. Il attend que la grande tige soit suffisamment proche et *BAM !* L'idiot ne s'est pas méfié. La violence du coup sur son crâne le sèche net. Ses deux complices s'écartent du rebelle d'un seul bond. Erenis, le plus jeune et aussi le plus habile, fait tournoyer son lasso au-dessus de sa tête. Ketchavic est trop lent pour éviter la corde. Ses bras collés à son corps en font une proie facile. La fuite lui est devenue impossible. Erenis arme son bras. Cette grosse vermine de Ketchup n'échappera pas à son sort. En jus ou en salade, crue ou confite, elle finira dans leur assiette !

Chapitre 14
AMOUR ET BEAUTÉ

« Un Ronçard nous a reproché notre inactivité, se désole la jeune Cerisette auprès de son amie. Et aussi notre complicité. « Une Amande et une Cerise ne peuvent s'aimer. On se chargera de vous trouver une meilleure union », qu'il nous a dit.

— Cela vous a mis mal à l'aise ? lui demande son amie Ceriséa.

— Terriblement. Nous sommes partis sans protester, loin de l'interdit. Un peu plus loin, Amamby m'a pris la main, m'a attirée contre lui pour m'embrasser dans une alcôve de taillis et de futaies. C'était la première fois. Nos lèvres frémissantes ne pouvaient s'arrêter. Je n'étais pas encore prête à offrir ce plaisir que je ne sais nommer. Un brin navrée, je lui ai proposé d'explorer d'autres horizons en courant. Il comprit. À peine nous étions-nous élancés que d'un coup d'épaule, il me projeta dans l'ombre d'un grand tilleul. Privées de lumière, mes jambes sont devenues molles. Amamby s'est moqué de moi. Alors à mon tout je me suis moqué de lui.

— Ton chapeau est ringard !

— Cadeau de ma mère… Personne ne fabrique d'aussi beaux chapeaux qu'elle.

— Un diadème t'irait beaucoup mieux. Comme les Vachimelles, qui le portent avec une pierre de citrine incrustée. »

Un peu plus loin, portés par le romantisme d'une clairière auréolée d'arbres de hautes tiges, nous nous sommes encore embrassés. Mais tout à coup, en ce lieu magique où tous deux nous ne faisions qu'un, le visage d'Amamby s'est assombri.

« Bientôt tu me quitteras, m'a-t-il dit. »

Cela m'a énervée !

« Il n'a fait que reprendre la menace du Ronçard, dit Ceriséa. Tu dois y penser, pendant qu'il est encore temps. La couleur de votre peau est différente et Amamby vivra trois fois plus longtemps que toi… Sans compter que vous ne pourrez enfanter…

— Je sais tout ça ! Mais il est déjà trop tard, figure-toi. Nous sommes amoureux. Comment ce Ronçard de malheur viendra-t-il à bout de nos sentiments ? »

Chapitre 15
LE DÉSERT DES CAROUBIERS

Papèque s'enfonce vaillamment dans le tant redouté désert des Caroubiers. Autour de lui, la mer jaune aux embruns de sable chaud s'immisce dans chacun des plis de son corps. L'air assène des coups de fouet qui assèchent sa bouche et plissent ses yeux. Le quatrième jour, sa calebasse est vide et la terre brûlante lui commande de fuir. Papèque s'ouvre à Pastophie qu'il tient sous son bras :

« On ne trouvera peut-être jamais la ligne de front. »

Mais Pastophie qui est déshydratée ne trouve pas la force de lui répondre.

« Tiens bon, lui dit Papèque inquiet, un désert n'existe pas sans oasis. »

Au matin du sixième jour de marche, alors que ses pieds s'enfoncent dans la dune, rendant sa progression plus difficile encore, un rideau diaphane commence à troubler sa vue. Aux battements d'ailes d'une dizaine de vautours qui tournoient en cercles concentriques, de plus en plus menaçants, Papèque comprend qu'il ne leur reste plus beaucoup de temps à vivre.

Le matin du septième jour, une fine rosée recouvre sa peau. Ses deux pieds ne suffisent plus pour grimper les montagnes ardentes. À quatre pattes, tout en haut, il ajuste tant bien que mal sa vue trouble. Au loin sur la ligne d'horizon se détache un point noir. Dernières forces avant l'au-delà. En début d'après-midi, le petit point devient vert foncé et grand comme deux Aliâm's. Dans un ultime effort, Papèque parvient en haut d'un tertre. À son pied, trois corps desséchés. Un Melon et deux Pastèques. Papèque déglutit. Une créature se tient devant lui, calme. À bout de force, Papèque tombe à genoux. Le conseil de Roncéanne lui revient. Il décide de suivre son conseil et balance une pomme de toutes ces forces. L'inoffensif projectile manque sa cible, mais la créature qui s'était tenue immobile jusque-là, bras tendus, fait preuve d'une étonnante dextérité et se penche sur le côté tout en étirant l'un de ses trois longs bras pour venir frapper la pomme si puissamment qu'elle la pulvérise en vol. Puis, elle envoie un clin d'œil à Papèque.

« Nous cherchons la première ligne, déclare la Pastèque fièrement. »

Mais la créature lui fait signe de se taire, moignon posé devant ses lèvres, et l'invite à lui donner sa calebasse. Elle introduit dans le goulot son petit tuyau désaltérant. Après quelques secondes d'attente et un *ahhh* de soulagement, l'eau commence à couler. Le jet est puissant. Une fois la calebasse remplie, l'étranger la rend à Papèque. Lui et Pastophie la boivent jusqu'à la lie. Un goût de menthe rafraîchissante les envahit. Les plis de leur peau se gonflent d'une nouvelle énergie. Papèque tend la calebasse une seconde fois. La créature la remplit à nouveau. Papèque n'a plus soif. L'inconnu lui dit :

« Vous êtes sur le bon chemin, jeunes Pastèques.

— Qui es-tu ? bredouille Papèque.

— Je suis Ravito. J'étanche la soif de ceux qui me le demandent. C'est mon devoir.

— Qu'est-il arrivé à tous ces malheureux ? interroge Papèque. C'est toi qui les as tués ?

— Ravito punit celui qui fait demi-tour. Le désert est sans pitié envers celui qui renonce. « Vide celui qui tourne le dos à son destin et remplis celui qui y fait face. » Telle est notre devise. »

Papèque, pâle, lutte pour ne pas vomir tandis que Pastophie est prise d'une toux d'écœurement. Cette eau qu'ils viennent de boire provient de leurs frères d'armes. Ravito ne semble pas comprendre le dégoût affiché par les Papèques. Il poursuit.

« Remercie les faibles. Grâce à eux, tu vivras encore demain.

— Es-tu un Caroubier ?

— Je suis un étang dans le désert. Cette nuit, vous vous reposerez sur ma berge. »

Puis, il dirige son tuyau désaltérant vers les pieds de Papèque qu'il arrose abondamment. Papèque y dépose Pastophie. Pour la première fois depuis huit jours, les deux amoureux peuvent s'endormir sur une litière fraîche. Toute la nuit durant, l'eau remonte par capillarité le long des jambes de Papèque pour irriguer son corps spongieux. Malgré les assauts répétés de Pastophie, qui a recouvré ses esprits, pour en savoir plus sur la direction à emprunter, ce n'est qu'en milieu de matinée que Ravito s'exprime enfin d'un bras tendu vers l'Est. Puis, il s'immobilise soudainement et ferme les yeux, laissant les Pastèques seules avec leurs doutes.

Chapitre 16
LE COUPLE ROYAL

« Roi Gortenaïde, siffle abruptement Orpax-tir, nous ne sssommes pas iccci pour assssister à un cours de cuisine ou nous goinfrer quand les nôtres sssont au combat. La guerre qui nousss oppose aux Vipèrides creuse les ventres des femmes et des enfants. Nousss devons trouver à nos guerriers armes et nourriture.

— Mais quelle idée d'entrer en guerre contre un si puissant ennemi ! raille le roi. »

Orpax-tir encaisse. Son sourire sinistre incurve ses lèvres fines, laissant échapper le bout de sa langue bifide, signe tangible d'une grande nervosité.

« Les Vipèrides ne sont plus que l'ombre d'eux-mêmes. Dans moins de deux lunes, nous fertiliserons leurs femelles. Des générations de valeureux guerriers déferleront dans un tsunami d'écailles sur les territoires inexplorés du sud.

— Pfouah ! fit le premier conseiller. Valeureux, valeureux, vous me faites rire. Il est complètement absurde de guerroyer, n'est-ce pas sire ? »

La bouche protubérante d'Orpax-tir s'allonge dans une sorte de moue désapprobatrice.

« Sssilenccce ! Sois heureux d'être encore en vie, siffle-t-il, le visage subitement pâle comme la mort. Chez nous, les vieillards comme toi sont sssacrifiés au cours d'une grande fête. Nous les assssaisonnons de jus de menthe, de gingembre et les mangeons crus. Ainsssi, ceux qui peuvent porter le glaive partent au combat remplis de la force et du sssavoir de leurs ancccêtres. »

Les deux Servifleur's disposées au centre de la table s'esclaffent, suivies par les trois conseillers, tous ignorant la menace. Notre roi jette un œil aux deux gardes postés devant la porte. Ceux-ci s'approchent et se positionnent derrière leurs dos larges et carrés comme des armoires. Après une dernière bouchée, Zokraan émet un énorme rot. La reine offusquée pose la main devant son nez délicat.

« T'as des gaz, mon bichon, lui dit Marguetine, à peine dégoûtée. »

Orpax-tir est plus long à libérer un gaz qui semble remonter du bout de ses orteils. On entend un grondement transiter par le fond de sa gorge. Il ouvre grand sa bouche jusqu'à la base de ses deux auriculaires dénués de pavillon et hurle tout en rotant :

« GROSSSES COCHONAILLES À GUEULES DE COINS ! »

Le puissant coup de tonnerre fait trembler la table. L'air devient irrespirable. Les deux Servifleur's meurent asphyxiées dans leur vase. C'est le point de départ d'une leçon de combat. Là où les deux lézards se déplacent en accéléré, les hommes, anesthésiés, attendent la mort. Leurs muscles saillants entament leur danse funeste. Orpax-tir et Zokraan posent leurs pieds sur l'arrête de la table et projettent leurs corps contre les deux gardes. Leurs griffes se plantent frénétiquement dans leurs gorges offertes d'où jaillissent sang et râles étouffés. Ils saisissent leurs lances et leurs épées et serpentent en direction de la porte d'entrée.

« AU SECOURS ! Crie le roi. AU SECOURS ! »

Mais déjà, les Sauriens disposent leurs lances en travers de la porte, empêchant temporairement la venue des renforts. Zokraan décroche les Aliâm's afin de faire diversion. Orpax-tir se précipite sur les conseillers et les égorge comme de vulgaires laineux, puis, la face éclaboussée de pourpre, s'approche du couple royal recroquevillé dans un coin.

Chapitre 17
ALLÉGENCE

Orpax-Tir plante son regard dans celui du roi et entame un roulis menaçant et hypnotique tout en susurrant :

« Demain, tu livreras un navire d'armes et de viande à Raax, sur la côte ssseptentrionale de notre île. Le quai est grand et nos esssclaves se tiennent déjà prêts. Et quand ton navire repartira après avoir déchargé, il croisssera en chemin un autre navire rempli lui ausssi de victuailles.

— Mais…

— Tais-toi et ouvre donc tes oreilles de chou, dit le Saurien en agrippant les cheveux du roi. S'il te venait la très mauvaise idée de ne pas honorer ma commande, sssache que ta muraille de dents blanches comme des perles de nacre ne sssuffira pas à protéger ta langue. »

Le prince repousse sèchement la tête du roi, enjambe la fenêtre dans les pas de son complice et tous deux s'éclipsent en rampant le long de la paroi de pierre.

Les gardes enfoncent la porte. Une odeur viciée les saisit à la gorge. De part et d'autre du seuil, les Beaf's, les Crup's, bref, tout ce que compte la cuisine de valides leur tombe dessus en hurlant, tentant désespérément de reprendre leur liberté à coups de fourchette. Dans la cohue générale, Bellambre fonce tête baissée et parvient à se faufiler in extremis jusqu'au bas des escaliers. Sa blessure sanguinolente la fait horriblement souffrir. Ses yeux cherchent désespérément une échappatoire. Dans l'escalier, un soldat est à ses trousses. Filer droit dans la ville serait un suicide. Au pied du mur, elle voit l'un des soupiraux assez grands pour s'y glisser. Tête la première, elle plonge. La chute sur les pavés du sous-sol faillit lui rompre la mâchoire. La douleur lui arrache des bêlements incontrôlés. Dans l'obscurité, une voix aiguë la fait sursauter : « TAIS-TOI IDIOTE ! » Une silhouette grise s'avance sous les rais de lumières ocre de fin du jour qui s'infiltrent par le soupirail. *Aurais-je quitté un danger pour un autre pire encore ?* pense-t-elle en tremblant.

Correspondance privée

Alec, mon amour,

Tu peux être fier. La reine m'a nommée gouvernante générale. Nous gagnerons dix cauris de plus par lune. À ce prix, je devrai endurer plus encore ses reproches et rodomontades. Comment leur en vouloir ? Ni elle, ni le roi Gortenaïde III n'ont jamais été éloignés du luxe voluptueux du château. Les colifichets, les bijoux, les pierreries, l'art culinaire, les célébrations, les jeux d'argent, les courses occupent tout leur temps. Les petites gens, ils s'en fichent éperdument. Au tout début de leur nomination, quand le roi succéda à son père, ses ministres avaient pris à cœur leur prestigieuse fonction, se faisant un devoir d'évoquer en conseil hebdomadaire les sujets de première importance dont faisait partie le bien-être des citoyens. Comme le roi les écoutait d'un air distrait, vite, les conseillers en vinrent aux problèmes de seconde importance. Mais comme ceux-ci le faisaient bâiller, plus aucun n'osa prendre d'initiative. Je l'entends roupiller quand je suis dans ses quartiers. Parfois, ses propres ronflements le réveillent, il lance par orgueil la première idée saugrenue qui traverse son esprit embrumé et houspille vertement celui qui ose le contrarier. Et sans contradiction, la finesse d'analyse d'un roi, si brillant soit-il, finit par s'émousser, laissant le champ libre à une gouvernance inerte et ombrageuse.

Dès lors, comment pourra-t-il nous protéger contre les Sauriens ?

Je suis très heureuse que cette Amande nous laisse une chance de changer de vie. Ne la ménage pas. Sans un entraînement acharné, un Beaf's ou même un Gum's pourrait venir contrarier nos projets.

P.-S. Je suis un peu inquiète, Matryl a le teint de plus en plus pâle. Je pense que tu devrais en parler au Scientitruffe.

À très vite,

Éléora

LA GAZETTE DE SOLOFÉ

CONFIDENCES D'ALEC, LE ROUGE-MAGE

Un à un, à pas lents, les Fruip's s'approchent de l'autel. Leurs lèvres aspirent avec une religieuse précaution quatre gorgées d'élixir, une pour chaque membre de leur corps. De retour à leur place, déjà, ils ressentent les premiers effets. Une immense chaleur. Un mélange de courage et d'excitation, une forte vitalité. Le battement de leur noyau s'accélère. Leurs pupilles se dilatent. Les Aliâm's sont des êtres d'une intelligence inférieure, à mi-chemin entre l'orang-outan et l'homme, mais quand même beaucoup plus proche de l'orang-outan. Une fois tous à leur place, un silence annonce l'épilogue de la cérémonie du recueillement : « La Charge des vertueux ». Dix tambours s'activent à un rythme guerrier. La transe collective prend la forme d'une ondulation synchronisée des bustes. Tout à coup, d'un geste autoritaire, je fais cesser les battements. Les visages se figent. On attend mon signal. Trois coups portés au sol avec ma longue perche de bois. Le premier courageux se lève, puis le second, suivi du troisième, et ainsi de suite, jusqu'au douzième. Exclusivement des Vignasses, cette fois.

Je fais signe à Bananatim qui souffle deux notes aiguës dans sa flûte. Immédiatement, la douzaine de volontaires part au pas de charge. Le royaume doit être défendu !

Aux disparitions, pour lesquelles je prêche devant un parterre éploré de fidèles, succède le courage des volontaires. Sur le parvis, les Ronçards leur tendent une lance chacun, l'embout arrondi, inoffensif, qu'ils saisissent à la volée. C'est un noble choix. Celui de se sacrifier pour la communauté.

Santé !

Alec le Rouge

* * *

BRÈVE ALIÂM'S

Hallotif, le Halloween

« J'ai vu un enfant qui dessinait d'étranges signes sur un parchemin. Il racontait qu'il pouvait parler avec sa plume. J'ai rien compris à son explication mais je n'y crois pas beaucoup. »

* * *

QUI S'EN FOUT ?

- Dans chaque élevage, un sage est désigné par l'intendant. Digne représentant Aliâm's, le sage fait le lien entre le mage et ses disciples. Son autorité parmi les siens permet d'éviter bien des conflits. En échange, il bénéficie de quelques petits avantages comme de ne partir à la guerre qu'en toute fin de vie.

- Pour un Gum's ou un Fruip's, manger un être vivant est impensable.

Chapitre 18
LA FERME

Au beau milieu de la nuit, Sanglia pose sur la tête d'Amamby sa pierre de lumière et son chapeau, puis ouvre la cage. Amamby se réveille et la reconnaît immédiatement.

« Mon chapeau… comment sais-tu ? Et pourquoi fais-tu cela pour moi ? Lui demande-t-il, suspicieux. Tu as pourtant participé à la mutilation de mes amis Pastèques !

— Je te suis depuis un moment et j'ai mes raisons, lui répond-elle en détournant son regard. Tu es libre, dépêche-toi, j'ai vu un Ronçard rôder non loin d'ici !

— Mais où vais-je vivre désormais ?

— Ta place est au verger, auprès des tiens !

— Auprès d'Alec ? Veux-tu que je me jette dans la gueule du loup ? De celui qui a tué mon père et nous livre à vous ? Si j'y retourne, c'est pour le tuer !

— Ne dis pas de sottises, c'est ton meilleur allié !

— Seul celui qui m'aidera à tous nous libérer de la cruauté des hommes sera mon allié. Bientôt, je lèverai une armée. Et je m'occuperai de vous tous !

— Les hommes sont protégés par leurs murs de pierre… Quant à nous, cela ne te consolera peut-être pas, mais nous ne mangeons que très peu de Primain's. Notre nourriture est pour l'essentiel composée de fruits et de légumes. Mais dis-moi Amamby, tu ne manges donc rien, toi ?

— Rien de rien.

— Et l'air ? Et l'eau ? Et même le soleil ? Tu ne les manges pas, peut-être ?

— Mais je ne tue personne !

— Peut-être que tes victimes ne se voient pas, mais que tu le veuilles ou non, ton corps est composé d'elles.

Regarde cet écureuil qui grimpe sur ce tronc d'arbre. Devrait-il s'apitoyer sur sa noisette et mourir de faim ?

— Les noisettes ne sont pas vivantes !

— Les noisettes ont grandi comme toi et font tout pour que perdure leur histoire collective.

— Peut-être, mais vous, vous mangez des êtres qui vous ressemblent !

— Monsieur se considère au-dessus de son ancêtre le fruit parce qu'il a deux jambes et deux bras ? Allons, cesse tes leçons de morale. Peut-être sommes-nous chanceux de ne servir de repas à personne, mais comme vous, nous faisons la guerre contre les Nécroseurs, aux côtés des humains !

— Es-tu certain que personne ne vous mange ?

— Qui voudrait nous manger ? Nous sommes sales et sentons mauvais… »

À cet instant, Prak sort de sa cabane en courant, une pelle à la main. Une fois à l'orée du bois, il jette des coups d'œil inquiets comme pour vérifier qu'il n'y a personne à ses trousses, et s'accroupit quelques instants. Ses yeux se fixent sur un point éloigné, puis il relève sa soutane. Or, relever une soutane n'apporte rien pour sonder la nuit. Soudain, son visage se déforme avant de retrouver ses couleurs et une expression béate. Il se relève, recouvre de deux pelletées de terre le trésor qu'il semble avoir déposé et repart léger. Amamby se tourne vers Sanglia sans parvenir à dissimuler son effroi.

« Il a… Mais… s'ils étronnent, c'est qu'ils mangent !

— Et que mangent-ils, exactement ? interrogea Amamby, tout aussi surpris que Sanglia. »

Les deux Aliâm's se rendent jusqu'à l'endroit où Prak s'est soulagé. Autour du petit tas de terre, l'odeur est forte. Sanglia sort l'étron noir et compact de sa gangue de terre et de feuilles, des volutes de fumée tièdes s'immiscent dans leurs narines, porteuses d'innombrables molécules de matière fécale. L'air devient irrespirable. Amamby pose sa main sur son nez. L'odorat d'un Sanglipoil est extraordinairement développé. Alors, Sanglia livre à Amamby la composition de l'étron.

« Il y a du Coin, du Trèspressé et… du Sauciflon ! »

Amamby n'a pas l'air surpris.

« Ô seigneur Ouarf, dit Sanglia en couvrant son visage avec ses mains, ici, les Nécroseurs portent le visage des humains.

—Va dormir, lui dit Amamby, tu en as besoin. Demain tu auras tout le temps de te lamenter. Quant à moi, je retourne au Verger, j'ai des amis à libérer ! »

Chapitre 19

BELLAMBRE LA BÊLLEUSE

« Pas de panique, chuchote la silhouette à Bellambre, je ne te veux aucun mal.

— Si c'est le cas, approche donc que je te vois ! »

Bellambre reprend ses esprits, les mains posées sur ses genoux.

« Qui es-tu ?

— Ratolle. Et toi ? »

Tout heureuse de s'en être sortie, Bellambre recommence à bêler. Ratolle, exaspéré, sait qu'elle ne peut se contrôler. Avec toute l'attention qu'on porte à un ami, il la met en garde.

« Je ne serai pas toujours là.

— Je suis désolé, mais il y a quelques instants à peine, le Roi, la Reine et ces espèces de serpents sortis de je ne sais où voulaient me manger. Et maintenant voilà que je me retrouve ici. Tu viens de me sauver la vie. Merci, vraiment merci.

— Oh, je ne suis qu'un Rat puant et hideux, dit-il le regard fuyant, qui essaie très modestement de faire le bien autour de lui.

— Tu n'es pas hideux, lui répond Bellambre, mais dis-moi, que fais-tu dans cette cave noire et humide ?

— Je vis ici, dans la poubelle du château. Je suis en quelque sorte la poubelle du château. Tout ce que les hommes jettent, je le mange.

— Mais tu vis seul ici ? »

Ratolle s'esclaffe.

« Seul ? Bien sûr que non, viens avec moi, je vais te présenter à mes amis. »

À mesure que tous deux avancent au centre de l'immense cave, que ses yeux s'habituent à l'obscurité, une constellation de points noirs et brillants s'approchent d'eux. Leurs visages gris, incrustés de paires de billes d'obsidienne polies, se découvrent progressivement. Leurs yeux sans sclérotique, leurs dents effilées comme des aiguilles et leurs corps squelettiques à longue queue lisse font frémir Bêllambre. Les lèvres retroussées de certains et leur démarche méphistophélique sonnent comme une glaçante mise en garde. Ces monstres impies ne peuvent être issus d'un monde de raison.

Bêllambre comprend qu'elle est en enfer. L'accueil chaleureux des premiers instants n'a eu pour but que de l'éloigner du soupirail. Que peut espérer un grain de pollen au milieu d'une ruche ? Un liquide chaud coule le long de ses jambes pour rejoindre à ses pieds la fange nauséabonde aux reflets de mercure. La fin approche. Ratolle dévoile un sourire carnassier. Ce morceau de choix tombé du ciel ne peut lui échapper. Le cercle des démons affamés s'apprête à se refermer.

Mais soudain, un miracle se produit. Par le vide-ordures, des Gum's et des Beaf's enchevêtrés, avec du coulis de Fruip's frais et des pétales de marguerite en guise de décoration, tombent dru. Leurs queues s'agitent. Un repas sucré-salé. La stupéfaction est d'une telle puissance hypnotique que Bellambre bondit jusqu'au soupirail sans qu'aucun Rat n'ait le temps de réagir. Déconvenue de taille pour Ratolle qui, dans une course tardive, mais démoniaque, réussit à planter ses griffes crochues dans le mollet de la Belleuse. Un cri de souffrance atroce résonne dans la ruelle. De toutes ses forces, la bête tire sa proie vers les tréfonds, une écume jaunâtre aux lèvres. Bêllambre ne bêle plus. Chaque muscle, chaque cellule de son corps s'accroche désespérément à l'extérieur. Le Rat peste. Un Beaf's vivant est plus dur à chasser que des rogatons inertes. La vivacité et la force d'un prédateur affûté lui font défaut. D'un coup de talon ravageur sur son front maudit, Bellambre réussit à s'extirper des gorges de l'enfer. Au Royaume de Solofé, la vie l'emporte parfois sur la mort.

Chapitre 20
TRIUMVIRAT

Au petit matin, Cocobat se réveille au son d'une longue machette fendre l'air. Le premier avant-bras d'un Ronçard tombe à ses pieds, puis le second. Le monstre végétal baisse la tête comme pour voir de plus près quelle minuscule curiosité ose ainsi le défier. Puis, il se concentre sur ses moignons en libérant un cri strident. Dans un grincement, ses bras repoussent. Amamby reste ébahi. Comment est-ce possible ? Un combat à mort s'engage. Venue de nulle part, une fulgurante torgnole envoie l'Amande valser contre la porte du cachot, cassant plusieurs barreaux au passage. La machette tombe aux pieds de Cocobat. Le Ronçard saisit Amamby par l'épaule et le soulève avec une effrayante facilité. Ses pieds et ses poings frappent désespérément dans le vide. Le Ronçard, main levée recouverte de dangereux piquants, s'apprête à en finir avec ce moustique quand une brève secousse fait descendre Amamby d'un étage. Le visage surpris du Ronçard a de quoi faire rire. Une seconde secousse le fait trembler. Amamby descend d'un autre étage. Et d'un autre encore. Le Ronçard incline sa tête. Pourquoi le sol se rapproche-t-il si vite ? Cocobat est à ses pieds. Morceau après morceau, il coupe des tronçons de jambe. Aucun bûcheron ne ferait mieux. Debout sur l'amas de ronces, pris d'une fièvre rageuse, la Coco s'attaque au haut des cuisses avant de couper ses bras. Amamby roule à terre, la main du Ronçard encore accrochée à l'épaule.

« Bande d'idiots ! Ma famille vous retrouvera, où que vous soyez, et vous serez… »

L'infâme serviteur du mal ne peut pas terminer sa phrase. Fendue par le milieu, sa tête dégoulinant de jus laisse échapper une délicieuse odeur de mûre fraîche.

Cocobat et Amamby parviennent à libérer Bananok en projetant une lourde pierre sur les barreaux de son cachot. Une fois suffisamment éloignés, ils se congratulent, tous bien heureux d'être libres. Amamby les informe de l'horreur de ses découvertes tout en leur insufflant un message d'espoir :

« Ne vous laissez pas abattre ! leur dit-il en empruntant le ton grave d'un Cahador[3]. La réponse à nos questions se trouve dans le désert des Caroubiers, sur la montagne Glacée, dans les marécages maudits d'Asouhan et dans la cité du roi. Papèque et Ketchavic sont forts et malins. Ils s'en sortiront. Si nous restons sans nouvelles d'eux à la demi-lune, nous devrons compter sur le courage de volontaires. En attendant, vous partirez en éclaireurs vers les marécages maudits qui bordent la mer des Eucarides. Quant à moi, je ferai pousser en tous lieux la graine de la résistance et m'infiltrerai dans la cité du roi.

— Veux-tu vraiment que nous déclarions la guerre aux humains ? demande Bananok.

— À peine sauvé de la mort, un mort atroce par siccité, tu retournerais vivre dans cette fable ? répond Amamby avec l'accent de la colère. »

Voici comment Amamby, Cocobat et Bananok, après une émouvante accolade, ont changé le doux suaire d'une fable contre le surcot d'une guerre, froid et dur à enfiler, mais empli de promesses.

---

[3] Cador

CONFESSIONNAL

Sanglard - M'di

En tant que Sage, mon capital sympathie auprès de Prak et des Beaf's est important. Et grande est encore mon influence à la ferme. Mais je sens la vieillesse m'engloutir petit à petit, le temps est venu de désigner mon successeur. Sangliro est mon dernier fils vivant. Il est roublard, et davantage capable que Sanglia de naviguer dans les eaux troubles du pouvoir. Souvent, Prak a essayé d'envoyer mes deux préférés au front, mais je m'y suis toujours opposé. Je sais, moi, ce que cela signifie. Les Beaf's, parfois plus jeunes, que j'ai condamnés à leur place, se comptent par dizaines.

Cette nuit, Sanglia m'a réveillé avec un jus de Guayusa bien chaud, dans l'idée de me mettre dans de bonnes dispositions. Sur le tabouret unijambiste en chêne sculpté, je me suis posé, inquiet.

« Je vais partir pour le mont Plumeux, m'a-t-elle dit sans détour.

— Encore cette satanée histoire colportée par ton défunt mari qui refait surface ! Ce fou à lier de Sangleppe nous poursuivra jusqu'à la fin ! »

Je lui ai interdit de se rendre en cet endroit qui rend fou tous ceux qui s'y aventurent, mais je sais qu'elle n'en fera qu'à sa tête. J'en ai profité pour lui annoncer mon intention de désigner Sangliro comme nouveau Sage de la ferme. Elle n'a rien dit, mais à l'odeur du sang j'ai senti que ses griffes se sont plantées dans la paume de sa main. Sa colère passera.

* * *

Amandance - J'di

Amamby a reproché à son chapeau d'être trop… encombrant. Évidemment, tous les objets le sont. Je me suis toujours demandé pourquoi les humains les aimaient tant. Pour finir, il m'a demandé de lui confectionner un diadème de cuir qui puisse contenir une petite pierre. Il est étrange en ce moment…

Chapitre 21
NÉGOCIATION

Amamby trouve Alec dans la maison de Déméter, occupé à dessiner sur un parchemin ses mystérieux symboles à l'encre noire. Le mage lève la tête, peu surpris de sa soudaine intrusion.

« Te voilà enfin ! Où étais-tu passé ?

— Tu as tué mon père ! »

La voix de l'Amande tremble d'une colère difficilement contenue.

« Viens donc t'asseoir près de moi, jeune fou. Et ne jette pas la pierre aveuglément, tu pourrais blesser un ami !

— Toi, un ami ? Pourquoi ne me tues-tu pas, moi aussi ?

— Ton jour viendra, et tu mourras d'une façon ou d'une autre, comme nous tous.

— Tu as besoin de moi, n'est-ce pas ?

— Avant toute chose, sache que je n'ai pas tué ton père. Oh, je ne me défausse d'aucune responsabilité, car c'est moi le mage de ce verger et c'est moi qui ai décidé que ton père avait suffisamment vécu. Mais vois-tu, tuer ne m'a jamais plu. Alors j'ai délégué cette corvée à Ronçarok. Il est si doué… Mais dis-moi, je pensais que tu étais venu pour me remercier. À moins que tu ne me condamnes pour avoir demandé à Sanglia de te libérer, au risque de me fâcher avec Prak ?

— Tu paieras un jour pour la mort de mon père et pour avoir mordu à toutes les pommes.

— Un jour, un jour peut-être, répond Alec en arborant un sourire narquois. Et pour les remerciements ?

— Je devrais te remercier pour ce qu'a fait Sanglia ?

— Tu le feras. J'en suis sûr. À ta manière.

— Je t'écoute…

— En participant à la course du roi et en la gagnant.

— Gagner la course du Roi, rien que ça ? Et si je refuse d'y participer ?

— Les Ronçards s'occuperont de Cerisette, de ta mère, de tes frères et sœurs. Nous les mages Hum's appelons cela le quarté gagnant. Quant à toi, je laisserai la culpabilité pourrir le peu de vie qui subsistera encore en toi. Et tu finiras par crever avec tes remords.

— Pourquoi tiens-tu tant à cette course ?

— Oh ! c'est très simple. Si l'un de mes pensionnaires l'emporte, je serai muté où bon me semble. Ainsi, je pourrai me rapprocher de ma famille. »

Amamby bouillonnait à l'intérieur. Pour autant, la menace ne le surprit pas.

« Cette course, je ferai mon possible pour la gagner, mais avant, je veux que tu m'emmènes au château.

— Tu iras au château le jour de la course finale, si tu te qualifies.

— Et la gagner, sans reconnaître le parcours ? »

Alec réfléchit.

« L'argument se tient… mais…

— … prépare tes affaires, Rouge-mage, nous partons sur le champ !

— Sur le champ ? Mais la nuit va bientôt tomber ! Bientôt, tu dormiras !

— Nous voyagerons en charrette !

— Je n'ai pas de charrette à disposition ce soir.

— Alors tu me porteras sur tes épaules.

— Puisque c'est ton souhait, se résigna Alec avec agacement. Mais attention jeune fou, au château il est aisé d'entrer, mais très peu d'Aliâm's en repartent vivants. »

Chapitre 22
LE DÉSERT DES CAROUBIERS

Sans faire de bruit, Papèque s'approche d'un Ravito endormi. Son corps, tapissé de milliers d'épines de différentes tailles, et son front flanqué d'une autre proéminente forment une redoutable barrière.

« Celui-là ne m'inspire pas confiance, confie Papèque.

— Quel froussard, raille Pastophie, il ressemble comme deux gouttes d'eau aux onze précédents… Dépêche-toi, j'ai soif !

— Facile pour toi ! Tu n'as plus que ta tête à perdre !

— Elle contient toute ma vie !

— Je te dis que j'ai une mauvaise intuition ! »

Après quelques instants d'hésitation :

« Bon, tu te décides ou tu attends l'orage ?

— Très bien, dit-il en posant Pastophie sur le sable, admire ce qu'un froussard est capable d'accomplir ! »

Papèque prend son élan, saute et arrache l'épine d'un coup sec. Ravito écarquille les yeux d'horreur.

« Solaire et grain de sable ! En mille ans, personne n'a jamais osé voler ma frontale ! »

Il lève haut le moignon pour sévir puis se ravise, estimant sans doute que sa colère gaspillerait inutilement sa précieuse réserve d'eau. Il maintient néanmoins son moignon suspendu, tout en pointant de l'autre la direction à suivre.

Au vingt-quatrième jour de marche, le corps de Papèque devenu foncé, zébré de vert clair, mais aussi leur tête rouge vif et tout leur être qui s'est habitué aux conditions climatiques extrêmes trouvent le huitième Ravito. Après une ultime hésitation, et contrairement à tous les autres, celui-ci leur indique l'ouest. À cet instant, une jeune Pompote, sortie de nulle part, s'annonce d'une voix fluette :

« Excusez-moi de vous déranger, je voudrais savoir où se trouve le front ? »

Ravito scrute ses membres un à un, remplit sa calebasse et sans hésiter, lui indique l'est avant de se rendormir. Papèque fronce ses sourcils. Les directions sont opposées. Y aurait-il deux fronts ? Pour ne pas contrarier le Ravito, les deux Fruip's s'échangent des signes entendus, se mettent en marche chacun de leur côté puis une fois hors de danger, ils bifurquent et se rejoignent en haut d'une dune proche. L'adolescent semble soulagé. Il a trouvé en Papèque et Pastophie des amis expérimentés tandis que les deux Pastèques apprécient sa compagnie rafraîchissante et, entre nous soit dit, de ne plus se retrouver seuls en tête à tête…

Chapitre 23
MARÉCAGES D'ASTHOUAN

En dépit de sa mine revêche, Cocobat se montre fort agréable à vivre. S'il économise ses mots, les pesant et les soupesant précautionneusement, ce courageux Coco n'économise jamais ses efforts, portant les deux calebasses en plus des trois ceintures de munitions, l'une autour des hanches et les deux autres en bandoulière. Bananok, lui, parade les mains libres comme sur un podium, le buste droit, un tantinet nonchalant, semblant ignorer qu'il part en guerre, ce qui lui vaut quelques regards exaspérés de son compagnon.

Après deux jours de marche, un Bêleux apparaît au loin. Il est seul et erre sans but dans l'immense étendue de joncs. Soudain, derrière une rosière, trois formes vertes s'approchent de lui à la faveur d'une végétation dense à cet endroit, laissant présager de mauvaises intentions. Puis, elles bondissent toutes ensemble avec une surprenante détente. Surpris, le Bêleux est immobilisé et jeté à l'eau. On l'entend pousser quelques cris puis soudainement, plus rien.

Les deux Fruip's approchent. Ces choses vertes qui se détachent maintenant distinctement sont plus éloignées physiquement des humains que les autres Beaf's. Ils ont une large tête posée à même leurs épaules, une bouche kaki charnue, une langue longue et collante à l'affut du moindre insecte. Le haut de leur corps est trapus, leurs jambes effilées aux muscles saillants forment un déséquilibre qui les rend particulièrement hideux.

« Des Croa's, dit Bananok mi-émerveillé mi-apeuré. Amamby m'avait mis en garde. Ils sont très nombreux et sournois. »

Dès que ces habitants des marécages voient deux nouvelles proies tombées du ciel approcher, ils se regroupent dans une position défensive. À portée de tir, Cocobat attaque le premier en lançant un caillou de toutes ses forces. Le plus gros des Croa's, un Crapaud à la peau boursouflée l'évite en faisant un pas de côté. Bananok saisit un kiwi. À l'instant précis où celui-ci atterrit au milieu d'une mare, les Croa's échangent un regard consterné.

« Va chercher ! crie le plus vieux Croa au plus petit d'entre eux. »

Prudemment, le petit s'approche de la berge. Mais à la première ondulation à la surface de l'eau, il fait volte-face en courant. En fin soldat, capable à l'instinct d'adapter sa stratégie, Bananok brandit son ancêtre la banane, menaçant de la jeter à l'eau, immédiatement imitée par Cocobat avec un citron. Mais les Croa's disposent d'une arme redoutable que n'ont jamais vue nos amis : un boomerang. Taillé dans le roseau, la lame finement ébarbée, le premier lancer fend l'air en un surprenant arc de cercle et vient trancher net le bras de Cocobat. Du bout des doigts jusqu'à l'épaule, tout son membre continue de bouger à ses pieds, le citron encore serré entre ses doigts. Bananok est plus chanceux, un second boomerang manque sa cible tandis que sa banane atterrit en plein milieu de la mare.

« NON, NON NE FAITES PLUS ÇA, IMBÉCILES ! NE GÂCHEZ PAS LA NOURRITURE ! hurlent les Croa's de désespoir.

— Voyez-vous cette orange ? Elle est à vous, si vous nous laissez récupérer le Bêleux ! dit Bananok. »

Tant de solidarité entre Aliâm's surprend les Croa's, mais ils acceptent sans rechigner la proposition tant l'orange est appétissante. Quand les deux soldats arrivent à la mare, celle-ci a inexplicablement avalé le Bêleux. Plus aucune trace de lui. Alors, tristes de n'avoir pas pu sauver l'un des leurs, ils poursuivent leur route vers l'ouest.

***

Les attaques deviennent de plus en plus fréquentes, les Croa's de plus en plus nombreux. Au huitième jour, Cocobat perd son second bras de la même manière. Le coup est terrible, son moral est au plus bas. Alors Bananok, meurtri de voir son ami dans cet état, lui dit ceci :

« Cocobat, tu n'as plus de bras, mais depuis que nous combattons sur ces terres gluantes, tes jambes sont devenues plus fortes.

— Mes jambes me resteront fidèles, mais comment t'aider maintenant ?

— Un corps plus léger est aussi rapide et insaisissable qu'une tornade.

— Mais je ne peux plus me battre ! pleure Cocobat, désespéré. »

Bananok réfléchit un instant. Un autre que lui lui aurait conseillé de se battre à la façon d'un Bêleux, mais la solution doit venir de lui. Alors il le laisse pleurer sans rien lui dire de plus. Dans ses larmes se trouvent les ressources nécessaires pour accomplir son devoir.

***

Par une matinée splendide, Cocobat et Bananok observent au loin un rassemblement d'une centaine de Croa's. Sans doute leur dernière bataille.

Bananok étreint Cocobat.

« Rendez-vous au royaume de Déméter, lui dit-il, en l'embrassant. »

Ils s'avancent sans peur, la tête haute. Toutes leurs munitions ont été tirées sauf une, une pomme rouge à la peau reluisante.

Tapis dans l'épaisse végétation, les Croa's sortent si nombreux que le combat n'est plus envisageable. Bananok et Cocobat sont escortés jusqu'à un rassemblement, où attend, accroupi, un énorme Crapaud entouré de sa cour de Croa's.

« Cela fait bien longtemps qu'on ne m'a pas appooorté une pooomme aussi belle, dit le roi Croa. Qui plus est, ooofferte d'une main si juvénile. Pourquoi le roi vous a-t-il envoyé dans les marécages d'Athouan ? Votre place n'est-elle pas du côté du désert des Caroubiers ?

— Nous étions volontaires, répondit Bananok.

— Je vooa… Deux courageux, fit le Crapaud sardonique. »

Sa remarque déclenche le rire des Croa's rassemblés devant. Il poursuit.

« N'ayez crainte, nous ne nous nourrissons que de fruits, d'insectes ou de petits animaux vivants. Votre chair ne nous intéresse pas. Je suppose que vous sooouhaitez poursuivre votre route vers le front ? »

Les Croa's rient de plus belle.

La voix caverneuse d'Erakis Glomollet est portée par une brume humide et mystérieuse. Ses yeux globuleux, comme prêts à jaillir de leurs orbites, fixent avec malice la pomme, tandis que sa grosse langue visqueuse peine à se maintenir dans le volume de sa bouche.

D'instinct, Cocobat ne répond pas, préférant laisser le Croa croasser.

« Bien, suivez droit vers l'ouest. Traversez ce marigoooot jusqu'à une plaine recouverte d'herbes hautes. Après deux ou trouaas jours de marche, vous pourrez rejoindre vos amis au combat. Mais avant de partir, jeune Bandard, donne-moi cette pooomme, j'ai faim ! »

Bananok scrute le marigot. Des bulles d'air à la surface éclatent, libérant des effluves de mort qui lui hurlent de fuir cette terre d'oubli. Cocobat s'avance, tête basse, prêt à braver l'étendue piégeuse, convaincu dans un sursaut d'orgueil qu'aucune épreuve n'est insurmontable, tout manchot qu'il est.

« Donne-moi cette pomme ! ordonne cette fois le Crapaud d'impatience. »

Bananok s'apprête à la lancer lorsqu'une centaine de boomerangs menacent de le tailler en pièces.

« Gentil… Gentil…, dit le Gromollet en déglutissant, main vers le bas, comme à la pétanque. »

Bananok lance la pomme dans sa direction, mais au moment où Gromollet allait l'attraper, Cocobat qui se tient tout proche et dont personne ne s'est méfié vu son état, déclenche une merveilleuse reprise de volée du droit. Tous voient la pomme voltiger au-dessus de la tête de Gromollet, amerrir, puis flotter à la surface de l'eau. Soudainement, un, puis deux, puis de tous côtés, dix sillons creusés par de gigantesques monstres aux écailles luisantes fondent droit sur elle. Dans un grouillement inquiétant en partie caché par la brume, des gueules immenses se disputent la pomme avant de disparaître dans les profondeurs silencieuses. Bananok et Cocobat se regardent fixement. Et comprennent. Rien ni personne ne pourra jamais traverser le marigot.

Chapitre 24
LE MONT GLACÉ FAIT SÉCESSION !

Ketchavic est en fort mauvaise posture. Une corde entrave ses bras. Les deux hommes encore debout fondent sur lui. Ketchavic est pris de vitesse. Parvenus à sa hauteur, alors qu'ils s'apprêtent à l'assommer, surgis de nulle part, deux étaux saisissent les hommes par le cou et les soulèvent de terre. Ce que tous trois prennent pour un monticule de neige confortable n'en est pas un. Et cette chose au pelage floconneux, surmontée d'une tête piquée d'un long museau à truffe noire, est effrayante. Quatre jambes courent dans le vide. Plus les deux assaillants s'élèvent vers le ciel et plus leurs plaintes étranglées se perdent en écho contre les flancs de la montagne glacée. Simultanément, avec une lenteur sadique, les griffes acérées du monstre se plantent dans leur cou glabre. Il croque la joue de l'un, le nez de l'autre. Une moue écœurée déforme ses lèvres bleues. D'une formidable rotation, le Gortek contrarié crache les rogatons et envoie valser les deux cueilleurs loin en contrebas. Mais une lance anonyme le transperce à l'épaule. Surpris, il se tourne. Une seconde lance file droit sur lui. Paralysé par la douleur, le Gortek regarde impuissant la pointe étincelante fendre l'air.

Prenant appui sur un rocher, le Ketchup bondit, bras encordés le long de son corps. La pointe le percute au-dessus de l'oreille, ricoche dans un bruit métallique pour se planter à deux pas dans le sol poudreux. Cet épisode insensé révèle l'extraordinaire résistance que l'altitude confère au cuir des Aliâm's lorsqu'il est gelé. Le Gortek sort de sa léthargie et fond sur le cueilleur tapi derrière une congère. Un craquement sinistre s'élève dans le sifflement du vent. Puis le géant blanc s'approche de Ketchavic et tombe à ses genoux.

« Imoak, dit-il en s'inclinant. »

Des rafales de neige aveuglante les enveloppent soudainement. La brume épaisse recouvre la vallée d'où dépassent quelques cimes curieuses.

***

Sans prévenir, Imoak a disparu. La terre commence à trembler. Tout près de Ketchavic, un roulement de rochers dévale la montagne. Le premier le frôle et poursuit sa course folle en emportant une nuée de cailloux de toutes tailles. Il y en a un second, puis un troisième et bientôt un éboulement. Le rugissement de la montagne devient effrayant. Ce n'est qu'au deuxième jour que les éboulements cessent. Imoak réapparaît devant Ketchavic. Il tente de lui dire quelque chose, mais sans grand succès. Alors, les sourcils froncés, il le prend par le bras et le tire jusqu'au rebord, là où une large cassure s'ouvre loin sur le flanc de la verte vallée. Entre les congères, par centaines, les rochers remontent vers eux. Ketchavic jette un regard éberlué vers Imoak qui lui rend un sourire satisfait. En y regardant de plus près, ces rochers colorés qu'a renvoyés Imoak des cimes enneigées sont ses frères d'armes ! Il en a libéré des milliers. Aucun ne peut encore s'exprimer, mais ils sont vivants et peuvent se mouvoir.

***

Aux côtés de son ami Imoak, Ketchavic est intronisé. Seule la bise du vent accompagne les remerciements des soldats libérés de leur prison de glace. Ils sont reconnaissants. Ils leur doivent la vie. Une improbable et indéfectible amitié naquit entre un Ketchup et un Gortek's blanc.

Voici comment Ketchavic, grand guide des Aliâm's surgelés, est devenu roi Freeze's.

Chapitre 25
INFILTRATION D'AMANDE

Devant, l'enceinte du château s'étire à perte de vue. Jamais Amamby ne l'a vu d'aussi près. D'un tapotement sur l'épaule, il manifeste à Alec son intention de descendre de son dos. Les sentiers draguent des Aliâm's provenant de tous ses horizons. Ils beuglent, bêlent, mugissent, bâtés de leurs paniers de munitions sur le dos remplis à ras bord de fruits et légumes, armes de carnaval qu'aucun n'aura le loisir de dégainer.

Ils longent la rivière qui glisse tel un torrent véhément. Amamby se penche. Sous la surface, il distingue une forme immense.

« Un Sylurien. C'est une espèce de Poiscaille, dit Alec. Énormes, durs à attraper et très dangereux.

— Eux aussi, vous les tuez pour les manger ?

— Non, ceux-là, nous les tuons pour le plaisir. »

L'ombre du Sylurien grossit, remonte des profondeurs en cabriolant. Son dos est flanqué d'un aileron gris. D'un coup, il se retourne, découvre à Amamby son buste gonflé. Malgré la déformation de la surface, l'eau, translucide à cet endroit, laisse deviner un visage au nez aquilin. L'apparition féerique surprend jusqu'à Alec.

« Habituellement, les Syluriens vivent cachés au fond des eaux. C'est étrange de le voir ainsi. »

***

Au pinacle du pont-levis, les fanions aux couleurs des trois élevages sont piqués sur les hampes de bambous. Les deux voyageurs traversent la passerelle.

« Toi l'Amande, par ici !

— Elle est avec moi ! oppose Alec avec autorité. »

Tous deux passent la porte cintrée avant de bifurquer sur la gauche, devant la place principale.

« Qu'est-ce qui attend mes frères ? interroge Amamby. »

Alec lui décrit la glaçante vérité. L'abattage, jusqu'au transport dans les chambres froides, les échoppes, les cuisines alentour et enfin dans les assiettes décorées de porcelaine peinte.

« Aucun n'en sort vivant ?

— Seulement certains Beaf's de mauvaise qualité qu'on charge sur les bateaux à destination des Sauriens.

— Un long voyage pour être mangé… Vous devriez abréger leurs souffrances ! »

Alec semble gêné.

« Les Sauriens ne raffolent pas de nourriture morte.

— Quel exploit d'avoir réussi à pactiser avec plus cruel que vous, lance-t-il rageusement. »

Alec sourit.

Tous deux s'enfoncent dans les rues encore peu fréquentées en cette heure matinale. Amamby découvre que les humains portent des habits colorés et que certaines femelles se peignent le visage - comme si leur peau blanche et insipide ne les satisfaisait plus - et qu'ils enveloppent aussi leurs pieds de peaux épaisses. Que tout un tas d'objets étranges s'étale le long des maisons. Au coin d'une rue ou devant une échoppe, il surprend l'un d'eux à s'émerveiller béatement de la façade d'une maison ou de la laque d'un guéridon. Leurs âmes abandonnées aux choses comme seules idoles l'effraient. Comme s'ils trouvaient dans les pierreries, les vêtements et toutes sortes de choses matérielles une ivresse aveuglante.

LA GAZETTE DE SOLOFÉ

Reportage à l'abattoir

Passée la porte d'entrée, les Ronçards dirigent les soldats Aliâm's vers une rampe qui descend jusqu'au sous-sol. Premier tri : couloir de droite pour les Fruip's et pour les Gum's, gauche pour les Beaf's. Les deux tunnels mènent jusqu'à deux grilles tenues par des Ronçards qui ne les laissent passer qu'au compte-gouttes. L'organisation ne souffre d'aucune sorte d'improvisation. Cointro le Coin attend comme les autres dans une obscurité de cave. Derrière, les autres Beaf's se pressent, nerveux. *Est-ce ici, dans les entrailles du château que nous livrerons bataille ?* Les Ronçards poursuivent la macabre mise en scène :

« PAS DE PITIÉ POUR LES NÉCROSEURS ! »

La grille s'ouvre à intervalle régulier. Cointro s'élance dans le couloir rectiligne, encouragé par le tumulte guerrier qui raisonne. Dans la brique, sur sa gauche, un alignement de portes closes. L'une d'elles est entrouverte. Il s'y engouffre. Elle se referme dans son dos, empêchant toute retraite.

« Ton épée t'attend au fond de la salle, soldat ! »

En effet, au fond de la petite salle, nichée dans le mur à environ un mètre de hauteur, une épée aux reflets d'or attend son maître. Cointro court sans réfléchir, avance sa tête à l'intérieur de la niche et pose son buste sur l'appui visqueux. Sur la pointe des pieds, bras tendus à rompre, il effleure la poignée de l'épée. Tout à coup, il entend le sifflement d'une lame. Les dalles de pierre bondissent jusqu'à son visage et le heurtent violemment. Sa tête roule sur le côté puis descend une sorte de caniveau avant de buter contre celle d'une Vachimelle. Un halo lumineux inonde la pièce, révélant chaque détail. Des dizaines de crânes fendus baignent dans une mare de sang. Ses yeux brillent d'une dernière étincelle de vie dans ceux, déjà révulsés et vitreux d'un Laineux.

Les Ronçards saisissent son corps inerte et le chargent dans une charrette pleine de Beaf's acéphales. Seules les têtes de Vachimelles sont ramassées, car il s'agit d'un plat couru chez certains gourmets. Les autres flottent dans les égouts jusqu'à la mer.

Chapitre 26

SANGLIA CHEZ LES PLUM'S

Les Aigleux vivent disséminés dans le flanc bas de la montagne, à l'abri de corniches d'où ils ne descendent que pour se nourrir. La grande-duchesse Hibéra goûte assez peu les visites des étrangers, mais l'insistance de la Sanglipoil finit par l'intriguer.

« Oui, je me souviens de…

— Sangleppe.

— Oui c'est bien cela. Charmant et même intelligent, pour un Beaf's. »

Aiglevif et trois autres Aigleux présents ricanent de concert, trop heureux d'entendre du bec de leur chef ce que tous pensent.

« Qu'avez-vous fait à mon ami pour qu'il devienne fou ?

— Il n'y a que les habitants de la vallée pour sous-estimer les effets de l'altitude. »

Les rires reprennent de plus belle.

« Probablement… La même altitude qui vous a clouée au sol ? »

La consternation réduit le cercle réuni autour d'elle. Comment la Sanglipoil ose-t-elle s'adresser de la sorte à la grande Hibéra ? L'Aigleuse saute de son arbre. Elle s'approche en sautillant. Ses yeux noirs et perçants, fixes dans l'orbite, transpercent la jeune Sanglipoil.

« Prends-tu le risque que je te raconte notre histoire commune et qu'elle te rende folle à ton tour ? »

Comme Sanglia accepte de son petit air de défi, Hibéra ne la préserve d'aucun détail. Elle lui révèle toute la vérité sur la nature des hommes et sur son père Sanglard. Comment il a vendu son âme au diable. Comment le royaume déclara la guerre aux Aigleux qui voyaient en eux une menace à leur suprématie. Jusqu'à ce jour où les Aigleux furent empoisonnés par les hommes et se retrouvèrent collés au sol, leurs ailes paralysées, comme lestées d'un rocher.

Après plusieurs minutes de silence, Sanglia demande :

« Dites-moi, grande-duchesse Hibéra, est-ce que vous nous aiderez à lutter contre les Hum's ? »

Cette fois, cent becs s'ouvrent pour ricaner.

« Une duchesse, jadis reine des airs, ne fait point la guerre en rampant. Je suis une reine déchue qui porte sur son dos les ailes de la honte. Ce que nous avons échoué à faire avec elles, nous ne pourrons le réussir sans… Prie ton dieu Ouarf pour qu'un miracle se produise et que nous puissions à nouveau voler. »

Chapitre 27
MARÉCAGES D'ASTHOUAN

« Si tu veux cette pomme, plonge, un Croa nage mieux qu'une Banane, lance Bananok, révolté, au roi d'Asthouan, que ce dernier tente d'envoyer vers une mort certaine. Un roi, réduit à nourrir des Crocodiles ? C'est donc ce que tu es ? Aveugle pour ne pas voir que nous autres Aliâm's que tu livres en pâture ne leur suffisons plus ? Que ces monstres sans âmes sont si affamés qu'ils s'apprêtent à vous dévorer à votre tour ?

— Tu as l'air bien au fait de l'état de leur estomac ! Mais qu'as-tu à me proposer, Banane ?

— Je te propose une armée. Une armée digne de se battre à tes côtés pour anéantir ces crocodiles jusqu'au dernier ! Je te rendrais les lacs et les étangs, les marais, les barbotières et jusqu'à la moindre flaque. Je te rends l'eau bourbeuse, celle où tu te sens le mieux.

— Et nous pourrions nous y baigner à nouveau ? s'enthousiasme Crozana.

— TAIS-TOA IDIOTE ! ordonne le roi.

— Même manger des insectes ? insiste-t-elle.

— Et même des poissons ! dit Bananok. »

La centaine de Croa's, qui écoutent attentivement, retrouvent dans cette proposition un espoir unique de vivre dignement.

« Je suppose qu'il y a une contrepartie.

— En effet, Erakis Glomollet, le moment venu, vous devrez nous aider nous aussi à recouvrer notre liberté !

— Contre le roi ?

— Contre qui d'autre ? Crois-tu que nous irions lutter contre des fantômes ? lance Bananok en souriant. Jamais plus les Aliâm's ne goberont ces histoires de Nécroseurs ! »

Glomollet réfléchit. Dans le jaune de ses yeux, les multiples veines gonflées trahissent une activité à tout rompre. Si les Aliâm's ne croient plus aux Nécroseurs, alors ils ne viendront plus s'aventurer par ici. Les Crocodiles affamés surgiront de tous les points d'eau et rien ne pourra plus les arrêter. Erakis se lève, s'approche de Bananok, tout en saisissant son poignard taillé dans le bambou attaché à sa ceinture. Une expression féroce déforme son visage. Les chuchotements cessent, tout comme le délicat clapotis des vaguelettes et le bruissement du vent dans la ripisylve. Tous sont suspendus à sa décision quand tout à coup un gigantesque Crocodile bondit du fond de l'eau.

Tous les Croa's sont pris de court. Erakis a tout juste le temps de se retourner. La gueule immense s'apprête à le broyer. Cocobat, qui se tient à deux pas, bondit tête en avant jusque dans le fond de la gorge rouge sang du monstre. Sa puissante mâchoire tente de broyer ce microbe suicidaire, mais la peau dure et poilue de Cocobat résiste à la pression de ses milliers de dents acérées. Bananok arrache le coutelas de la main tétanisée d'Erakis, saute sur le Crocodile, et d'un coup sec et précis sur le haut du crâne, terrasse la bête.

Tous accourent pour secourir Cocobat, devenu héros du jour. Une dizaine de Croa's écartent les lourdes mâchoires du monstre. Erakis lui-même extirpe son sauveur en le tirant par les pieds. Sa peau est percée par endroits, mais il est en vie. Il se relève en arborant un petit sourire satisfait, heureux de revoir le jour et ignorant encore la portée héroïque de son acte. Bananok descend du monstre et rend le couteau à Erakis qui vient d'échapper à une mort certaine. Le roi Croa gratte profondément sa gorge et crache sur le pied gauche de Bananok un molard vert de bonne tenue ; le plus gros qu'aucun Croa n'ait jamais formé. Les autres l'imitent. Des milliers de crachats s'abattent en comme une soudaine averse sur les pieds des deux Fruip's. Le crachat chez le peuple des marais vaut pacte irrévocable. Des CROAHH d'exclamation tonnent. En tous coins du marais, on acclame la nouvelle alliance. Solennel, le roi leur sourit puis claque des doigts pour faire taire les milliers d'yeux globuleux.

« Moi, Erakis Glomollet, roi des Croa's, je fais de Bananok-la-Grosse, le prince d'Asthouan ! Le peuple visqueux des marais d'Asthouan combattra à tes côtés jusqu'au dernier molard !

— CROAH, CROAHHH ! »

La chaude allégresse entoure nos deux héros, à l'image de ces têtards qui sautillent de joie à l'idée de bientôt retrouver leur terrain de jeu favori. La foule hurle de nombreux « GLOIRE AU ROI ! », mains levées, ou des « GLOIRE AU PRINCE, GLOIRE À BANANOK-LA-GROSSE ! »

« Quant à toi, Cocobat-le-Manchot, je te fais grand général des armées !

— GLOIRE À COCOBAT-LE-MANCHOT ! »

***

Le lendemain, une vieille Vignasse accompagnée d'un vieux Vigneau, d'un vieux Canasson et d'un non moins vieux Râpé, traversent sans encombre le marais jusqu'aux pieds du roi. De mares en roseraies, de plaines en marigots, les Croa's ont relayé l'information. Non seulement les hostilités à l'égard des Aliâm's ont cessé, mais ils sont accueillis en véritables forces de libération. Un peu timidement, un peu méfiant, le vieux Vigneau dit :

« Nous venons combattre les Nécroseurs aux côtés de Cocobat-le-Manchot et de Bananok-la-Grosse. »

Le roi fait un signe d'approbation à ses deux alliés. Cocobat s'avance, car il compte endosser pleinement ses responsabilités de général des armées. De sa voix la plus autoritaire, il commande :

« Croa's, armez vos frères Aliâm's ! Le temps est venu de vous battre ! »

Les Croa's s'exécutent promptement en leur offrant boomerangs, coutelas et lances. Et les Aliâm's s'enorgueillissent de ces nouvelles armes. Au loin, de nouveaux renforts approchent.

Chapitre 28
LE FRONT

La mer de sable est calme quand ils voient enfin, dressée au loin, la muraille d'un château. Devant, des centaines de soldats dispersés tirent des munitions. *Enfin nous y sommes ! C'est le désordre total dans nos lignes,* pense Papèque. Une grande joie et une grande peur aussi le submergent.

« CHARGE ! lui crie Pastophie, c'est le moment de nous montrer héroïques ! »

Papèque essaie de courir vite, mais sa prothèse l'entrave. Il tente de l'ôter. Celle-ci est si solidement harnachée à sa cuisse que malgré l'aide de Pomilien, il doit s'y résigner.

Au loin, leurs frères Aliâm's sont attaqués de toutes parts. Les deux courageux soldats courent de tout leur souffle. Et quand leur rétine capte avec précision chaque détail du champ de bataille, l'incompréhension les assomme plus violemment qu'une nuée de noix de coco. Des centaines de Crup's sont ligotés par des hommes, enfermés dans d'énormes cages posées sur des charrettes. Une rage funeste prend la forme d'un hurlement qui fait rire l'ennemi. Papèque avance. Son pied rose se retrouve piégé dans une bouche de métal. Pomilien accourt pour l'aider, mais Jaris Moark, jeune, grand et fort, regard sadique, vêtu d'un pantalon et d'une chemise, chaussé de lourdes bottes de cuir, s'approche déjà d'eux, machette à la main. Pomilien hésite. Que peut-il faire ?

« FUIS ! lui crie Papèque, FUIS SANS TE RETOURNER ! »

Pomilien n'est pas un lâche. Il ne peut tout simplement rien pour ses amis, alors il fuit. Moark étire un sourire carnassier. Le Pompote lui échappe, mais les deux

Pastèques sont à lui. Celle qui est encore entière à l'air en pleine forme, et une Pastèque de cette taille, eau et sucre, peau tendue, luisante, dans la force de l'âge, tombe facilement de l'arbre. Il n'est plus qu'à dix mètres. Papèque sort sa banane flanquée de cinq longues épines jusque-là cachée derrière son dos et la lance de toutes ses forces. La banane fend l'air en virevoltant. Jaris Moark, qui s'attendait à recevoir une banane inoffensive, s'écroule tête en avant sur le sable, le projectile planté entre les deux yeux. Le danger pour un temps écarté, Papèque prend soin de s'intéresser au piège qui le retient. Par chance, la prothèse a absorbé le choc des dents métalliques, brisant net les deux branches de chêne. Quelques mouvements de rotation suffisent à dégager sa jambe.

« MAGNE ! crie Pastophie. »

Cinq autres récoltueurs rappliquent en courant, fous de rage. La chasse à la Pastèque est lancée.

Chapitre 29
MAUVAISE GRAINE

Des fioles de toutes formes et de toutes les couleurs sont alignées sur des dizaines d'étagères. Amamby reconnaît l'élixir violacé distribué pendant la messe. Le Scientitruffe passe de l'une à l'autre, énigmatique. Finalement, d'un air satisfait, il en prend une et la tend à Alec.

« Attends-moi dehors, dit alors Alec à l'Amande, cette conversation ne te concerne pas ! »

Provenant du haut de l'escalier en colimaçon, Amamby entend un bellement étouffé. Il monte les marches prudemment. Assise, une Belleuse, la laine tachée de sang, pleure en silence. Quand elle l'aperçoit, elle recule, lacère l'air à l'aide d'une branche ridicule.

« Si tu continues ainsi, tu seras repérée et tu finiras six pieds sous terre, idiote ! Dis-moi plutôt comment tu t'appelles et pose cette branche !

— Au point où j'en suis… Je m'appelle Bellambre. J'ai fui le banquet du roi en y laissant un gigot !

— C'est peu cher payé pour un banquet, ose ironiser Alec en surprenant la discussion.

— Nous devons la soigner ! s'exclame Amamby. »

Alec refuse net.

« Nous ne pouvons rien pour cette Belleuse !

— Regarde, elle est blessée. Nous devons la faire sortir de cet enfer !

— Je ne parviendrai pas à vous faire sortir tous les deux ! dit Alec.

— Nous trouverons une solution ! s'emporte Amamby. »

Après une demi-heure de marche, tous trois arrivent chez Alec. Pour la première fois, Amamby se retrouve dans une maison. Il renifle bruyamment. C'est comme s'il exsudait de leur habitation étanche une irritante puanteur.

Dans le vestibule, Alec embrasse sa femme puis leurs deux enfants. « Je vous présente Amamby et Bellambre. »

À la vue des Aliâm's, Kaelysse et Kartryl réagissent de façon très différente. Tandis que Kaelysse sourit béatement, Kartryl les toise d'un silence méprisant.

Amamby comprend instinctivement de quel bois sont faits les deux enfants d'Alec. Un seul arbre peut porter en son sein une branche saine et une autre pourrie. Pour être pourri, Kartryl l'est jusqu'à la sève. Un concentré de tout ce que les hommes peuvent avoir de mauvais en eux. Sa peau sèche et ses yeux aux reflets jaunes sont caractéristiques de la cloque, pense Amamby. Enthousiaste, sa sœur prend la main d'Amamby et l'enjoint de la suivre jusqu'à leur chambre.

« Cela sert à se maquiller, lui dit-elle fièrement en lui présentant sa coiffeuse.

— Je vois… comme le font toutes ces femmes dans la rue… Saurais-tu me faire le teint livide, les yeux pochés, des lèvres de Beaf's ? Bref, saurais-tu me rendre aussi moche qu'un humain ? »

Kaelysse pouffe de rire et applique aux deux Aliâm's plusieurs couches de poudre, de fond de teint, de blush, d'ombre à paupières et de rouge à lèvres. Puis elle tond la Belleuse. Leur ressemblance aux humains n'est pas tout à fait gagnée. Alors ils se couvrent d'un long manteau et d'un foulard.

« Parfait, fuyons cet enfer, Bellambre, et retrouvons nos familles, j'ai vu ici tout ce que je devais voir. »

Mais avant de partir, Amamby dit au couple ceci :

« Si nous autres Amandes avons la peau si dure et ne tombons jamais malades, c'est parce que nous avons, nous aussi, nos élixirs. Je les tiens de mon père Amandor qui les tenait de son père Amandrak, qui lui-même les tenait de sa mère Amanline qui… Enfin… C'est sans importance… Jetez donc à la poubelle ce mauvais élixir que vous cachez dans votre poche, Alec. Un jus de baies de Fragon, deux fois par jour, matin et soir. Cela devra largement suffire pour le guérir.

— Chaud ? demande Éléora, la voix tremblotante.

— Chaud ? Allons ! Qu'y a-t-il de chaud dans la nature ?

— Oh ! merci jeune Amande. Merci mille fois, dit-elle en tombant à genoux, le regard embrumé par la gratitude. »

Alec acquiesce sans le moindre mot de remerciement, fier ou gêné qu'un être si petit, si misérable, si insignifiant puisse dans l'adversité faire preuve de tant d'altruisme.

Les deux Aliâm's s'éloignent de la maison, suivis à bonne distance par Alec. Au coin de la rue, Bellambre saisit Amamby par le poignet et le tance :

« Tu n'es pas un peu stupide d'aller sauver son enfant ? Il est petit et mignon, mais son estomac deviendra vite un puits sans fond ! »

Imperceptiblement, l'encoignure de la lèvre d'Amamby s'étire. Bellambre est stupéfaite. Depuis des temps immémoriaux, les Fruip's savent mieux que quiconque protéger leurs graines jusqu'à l'éclosion. Mais les mauvaises pousses doivent être arrachées sans hésiter. Pour cette tâche ingrate, les Amandes sont connues pour être impitoyables.

Chapitre 30
L'IDÉE

« Tu es encore plus agaçant que tes autres jumeaux. Que crois-tu ? Que je me tourne les pouces ? persifle Sanglia. »

Pissentruc hoche la tête de compassion, bras ballants.

« Transmets à Amamby qu'ils m'ont dit merde ! Qu'est-ce que j'y peux, moi ? »

Le Pissentruc transmet, les yeux grands ouverts, si bien qu'on se demande s'il est encore là ou de l'autre côté de la ligne… Le processus, cette fois, prend un certain temps.

« Alors ? Tu fais quoi là ?

— Minute, je le cherche.

— Ça en prend du temps !

— Vas-y toi-même, grosse maline, s'agace Pissentruc, il n'est qu'à deux jours de marche ! »

Sanglia patiente quelques secondes, puis ne tenant plus :

« Alors ?

— Alors, démerde-toi, cul sale !

— Hein ? Cul sale ? Que je me démerde ? Voilà qu'on bosse avec des susceptibles maintenant ! Pour ton information, je suis une Sanglipoils très, très à cheval sur son hygiène.

— Non, C'est Amamby qui te dit de te démerder avant de quitter Pissentruc.

— Amamby a quitté Pissentruc ? Mais c'est toi Pissentruc !

— Oui, je sais, mais je te parle de l'autre Pissentruc. »

Sanglia s'écroule au pied d'un érable.

« Je ne suis pas à la hauteur, dit-elle à voix haute. Je ne sais comment convaincre les Plumeux de se rallier à nous ; des traîtres, au premier rang duquel mon propre père, se cachent au sein de la grande famille Beaf's ; et voilà que maintenant, Amamby me laisse me débrouiller seule ! »

Dans ce moment de profond abattement, un vent léger fait grincer le vieil arbre devant elle. Sanglia sent quelque chose heurter son crâne. Un insecte ? Au coup de vent suivant, la frondaison verte chahutée par une rafale lui offre le spectacle enchanteur des Samares tourbillonnant dans l'air. Elle regarde leur course vers le sol, émerveillée. Elles sont petites, comparées aux Samares des Seaia qu'on trouve dans la forêt d'Abanite. Elle se remémore en avoir parlé à son père.

« Une grande commmme ça ! lui avait-elle dit en écartant les bras. Oui, c'est ça, comme les ailes déployées d'un oiseau. »

L'association d'idées, instantanée, la laisse bouche bée. L'espoir d'une solution vient d'émerger. Oh ! Il reste à la mettre en œuvre, mais elle connaissait quelqu'un qui peut l'aider. Elle part en courant du côté des fosses septiques. Là-bas Mac Dindoc, le bricole-tout de la ferme, vit reclus dans son atelier. Allongé sur son hamac, il écoute attentivement tout en fumant sa pipe. Le tabac de Smyrna dégage une forte odeur de cuir. De temps à autre, il tire dessus en prenant cet air préoccupé qui laisse à penser que le chantier est impossible. Juste après que Sanglia ait achevé de lui présenter son idée, il triture sa disgracieuse pendeloque et lui dit :« Facile, même pour un bricoleur du Dich' ! »

Chapitre 31
SQUAMEUX

De l'autre côté de la mer d'Alogne, sur les terres des Squameux, la plage blanche de la baie de Raax est envahie de Sauriens affamés qui s'arrachent les livraisons de Beaf's, allant même jusqu'à s'entre-tuer. Tous au Royaume se demandent ce qui est advenu du bateau et de son équipage. Le Commandant, qu'on appelle le grand gorille à cause de son dos velu et de ses colères imprévisibles, n'est pas homme à égarer sa boussole. Au matin du douzième jour, un jeune pêcheur débarque dans la grande salle de réception du château. L'affaire semble grave.

« Les Vipérides ont pendu les cuisses de nos marins comme de la vulgaire Cochonnaille et ont planté leurs têtes sur des piques, Sire ! »

Un silence sépulcral frappe l'assemblée et le roi au ventre.

« Des Vipérides, as-tu dit ? Et non des Sauriens ?

— Oui, des Vipérides, je les ai vus, au loin, enroulés autour des mâts. Je ne peux pas me tromper, les Sauriens ne s'enroulent point comme des Serpents.

— Les Vipérides comme les Sauriens ne pensent qu'à se goinfrer, alors donnez-leur ce qu'ils demandent ! lance-t-il. Et qu'ils nous laissent en paix !

— Mais il ne reste plus rien dans nos geôles ! dit l'intendant. Et notre bateau ? Comment honorer les prochaines commandes aux Sauriens si nous l'abandonnons ? »

Le grand Cahador Conil Matari prend la parole.

« J'irai sur notre bateau, dit-il avec aplomb. Une fois la tête de ces deux serpents coupée, je les offrirai au prince

Orpax-Tir en lui demandant de me conduire jusqu'à son roi Krazor. »

Un brouhaha de stupeur emplit la salle. En levant la main pour faire silence, Matari reprend.

« Je proposerais une alliance au roi Saurien contre son ennemi Vipéride comme je l'ai proposé jadis aux Ravitos contre les Scorpax. Pris en étau, les Vipérides les plus sages retourneront dormir sous les rochers. Les autres serviront de nourriture aux Sauriens !

— Et les Sauriens repus cesseront de nous racketter, poursuit le roi. Excellente idée ! »

Peu de temps après, Conil Matari et cinq des plus vaillants guerriers du royaume se rassemblent sur la plage. Le souffle d'admiration des curieux gonfle la voile de leur petite embarcation, portant l'équipage vers le grand galion. Les deux rampants Siziss et Piotiss, telles deux statues de pierre, attendent au large, immobiles. Le bruit court que le roi offre de l'excellente nourriture. Mais quand ils les voient s'approcher sur la mer agitée, les langues bifides des serpents trahissent leur grande déception.

« Ssix à manger, ssseulement ? lâche Siziss. »

Matari, robuste, expérimenté, qui a tant croisé le fer, bondit le premier sur le pont et se dresse de toute sa hauteur, prêt à jouer de sa lame. Pourtant, cette fois, l'ennemi est différent. Le plus petit des deux, Siziss, orné de trois cobras menaçants, attend immobile que les six soient montés à bord, s'approche de la corde du mouillage et, à l'aide d'un cimeterre, la coupe nette, laissant le bateau dériver vers le large. Matari considère le geste comme une puérile provocation. Il passe devant le mât où sont accrochés des marins dépecés. Derrière ce décor blasphématoire se tient à la proue, immobile, le plus grand des deux. Matari fait tournoyer son couteau entre ses doigts. La mort incrustée jusque dans le squelette du navire n'ébranle pas sa superbe assurance.

Siziss, seul face aux cinq guerriers, ouvre la trappe qui mène à la cale. Des cris de supplication Aliâm's montent sur le pont. D'un geste de la tête, Siziss les invite à les rejoindre tandis que Piotiss et Matari se font désormais face. Le Vipéride scrute Matari comme s'il n'était qu'un curieux insecte. Sa tête plate s'adapte aux mouvements de balancier. Matari sent ses épaules devenir lourdes et ses paupières plus encore. Mais alors que Piotiss fouille subrepticement son cerveau, abattant ses résistances les unes après les autres, une vague plus haute que les autres cabre le bateau. Le fil diabolique qui lie les deux combattants est rompu un bref instant. Matari reprend ses esprits. *Cette créature perchée dans les ténèbres ne comprend que le chant des lames !*

« SOLDATS, À L'ATTAQUE ! »

Mais dans son dos, seul le souffle du vent iodé fouette sa longue chevelure blonde. Aucun cri guerrier, aucun bruit de pas, de lutte, aucun râle d'agonie. Quelque chose cloche. Il frissonne, tourne la tête et les voit tous, allongés sur le pont, leur sang mêlé à l'eau de mer. Depuis son état hypnotique, Matari n'a rien entendu ni rien vu de leur foudroyante défaite ; de Siziss, tel un serpent fou, bondissant d'une tête à l'autre, crocs et lames tourbillonnantes, faisant jaillir des jugulaires des flots visqueux sur lesquels glissaient lamentablement ses soldats ; de leurs mouvements lents et gauches qui donnèrent le spectacle pathétique des combattants sous-entraînés. Piotiss profite de cet instant d'effroi pour enrouler ses bras autour de Matari. L'étreinte fait craquer ses os. La voix du serpent sort, aiguë et froide comme la mort.

« Moi, Siziss, roi Vipéride. Toi, avec moches oreilles de chou, bien écouter : nous, ventre vide. Toi, dire ton roi, remplir trois bateaux, vite ! »

Matari est à la limite de l'asphyxie. L'étreinte macabre se relâche. Piotiss soulève et le jette par-dessus bord. Les deux Viparides se regardent, satisfaits. À leurs pieds, se trouve la réponse qu'ils sont venus chercher. Les Sauriens ont vu juste. Cette nourriture, faible, stupide, abondante, à deux ou trois coups de pagaie de leur terre de famine, est une aubaine.

Chapitre 32

MARÉCAGES D'ASTHOUAN

Les Crocodiles ne prêtent aucune attention au premier jour de disette. Dans leur panse, il y a encore de quoi. Au deuxième jour, ils pensent à un aléa, comme une récolte tardive. Au troisième, à une blague de mauvais goût, une provocation de têtard. Rien de plus. Au quatrième, le coupable désigné est ce fol allié qui a bondi quelques jours auparavant sur le Roi Gromollet pour le manger. Paix à son âme, il a payé pour sa faute. Un Coco et une Banane ont corrigé son arrogance. Au cinquième, les crocodiles présentent des signes inquiétants, eux qui sont pourtant habitués à l'anonymat de l'eau crapoteuse s'exhibent désormais sur les berges, la pointe de leurs canines saillantes, à l'affût du moindre imprudent. À proximité, leurs rations déambulent tranquillement, se jouant de leurs douloureux estomacs. Quelque chose cloche. Les Croa's se sont trouvé une passion nouvelle pour l'artisanat. Nuit et jour, ils les entendent travailler avec acharnement. Au huitième jour, des Aliâm's par milliers se tiennent sur les berges, droits comme des piquets. Un crocodile sait honorer une table bien servie. Et croquer sans pitié une proie étourdie. Ainsi va la vie d'un Crocodile. Alors quand tiraillés par la faim, un mirage aux reflets chair et os emplit tout leur champ de vision, aucun d'entre eux ne reste stoïque.

Tout devant, Cocobat-le-manchot arbore un rictus au coin de la lèvre. Son courage galvanise tous ceux qui sont encore entiers tandis que tous les autres, comme lui, un peu ou même très abîmés, ne peuvent plus douter de leur capacité à combattre. En arrière, Bananok-la-Grosse et Erakis Glomollet attendent en silence, concentrés et sereins. Le plan se déroule comme prévu.

Il y a un premier frottement de ventre sur la terre boueuse.

Cocobat, d'une voix grave, ordonne :

« À MON COMMANDEMENT, UN PAS EN AVANT ! »

De bouche en bouche, de mare en étang, l'ordre est relayé. Et quand Cocobat s'avance, quasi simultanément, les milliers d'Aliâm's font un pas en avant, ultime provocation à destination des monstres rampants. Alors, tous, aveuglés par la faim, déferlent sans se méfier. Leurs immenses queues fouettent la vase. Grandes ouverte, leurs gueules plantées de longues dents effilées foncent dans le tas. Les rangs Aliâm's se tiennent incompréhensiblement immobiles. Les yeux de la vieille Ketnisse refusent de s'ouvrir. *Bouge pas, bouge pas, tout se passera comme l'a dit Bananok, songe-t-elle.* Les jambes du vieux Albert-Râpé tiennent bon, mais il pleure comme un enfant. *Contente-toi de faire ce qui est prévu, rien de plus !* Marie-Sautouïe craque au dernier moment et pense à fuir. *Jamais ça ne marchera, ils sont complètement fous, complètement fous !* Mais derrière elle, le rideau dense, impénétrable des guerriers empêche toute retraite. Sans d'autres choix, elle fait son devoir, et attend tremblotante de peur.

La moitié des forces Aliâm's se retrouvent happées par les gueules immenses. Les Crocodiles jubilent. Mais au moment de refermer leurs gueules, les montagnes vertes s'immobilisent subitement, yeux exorbités. Tous ces amuse-gueules qui se sont délicatement livrés, entassés sur leurs langues visqueuses à quatre, cinq, parfois à dix, deviennent d'un coup leur pire cauchemar. Car dans le dos de chacun des Aliâm's, coupée à leur juste taille, se cache une tige de bambou qui empêche les mâchoires de se refermer, et qui, pire encore, les condamne à demeurer ouvertes. Le temps que leurs queues entrent en action, les Croa's de la deuxième ligne sautent sur leurs têtes, crèvent leurs yeux, tandis qu'à l'intérieur, des dizaines de Beaf's, de Gum's et de Fruip's se détachent de leur étai de bambou et s'acharnent à découper les têtes à l'endroit le plus mou, le cou.

À travers le drap de brume, on distingue le spectacle des carcasses de crocodiles crevés, leurs gueules bâillent pour l'éternité. En tous coins, les cris de victoire retentissent. L'armée des cure-dents, comme on la désignera plus tard, est en marche. Elle est courageuse, elle est remontée, elle a gagné et par-dessus tout, elle dispose d'un nouvel atout aussi surprenant que redoutable…

Correspondance

Ma tendre épouse,

Tout ne s'est pas passé comme prévu. Amamby reniflait nerveusement et Bellambre bêlait. Devant le porche, trois Ronçards filtraient les sorties. Le mauvais coup vint du ciel. Une première goutte. Puis très vite, *floc, floc. Floc, Flic, Floc, Ffffffff, ffff !* Une pluie de hallebardes s'abattit dru. Dans le vacarme, le fond de teint d'Amamby et de Bellambre ruisselait, emportant à la verticale des coulées de mascara, de fard à paupières, et de tous les artifices poudreux qui avaient fait l'objet de tant de soin. Seuls les habits et les perruques résistèrent avec une vaillance grotesque. Plutôt que de détaler – ignorant que la pluie leur avait rendu leur identité – les deux Aliâm's sourirent aux gardes, arborant l'expression légère des promeneurs étourdis. Les Ronçards s'esclaffèrent et enroulèrent leurs longs doigts épineux autour de leurs poignets. Je levai les yeux vers le ciel pluvieux, le haïssant comme peu de paysans avant moi. Quelle monumentale erreur j'ai commise ! En un instant, notre espoir de mutation s'est envolé. Heureusement, j'ai levé toute amorce de soupçon me concernant en jouant le spectateur innocent.

J'ai poursuivi ma route, mais, dans ma tête, je travaillais à tirer nos amis de ce mauvais pas. En contrebas du pont, l'eau glacée déferlait des montagnes et tourbillonnait entre les rochers aiguisés. Sauter par-dessus le parapet était leur seule chance de retrouver leur liberté. L'analyse de la situation, ils la firent plus rapidement que moi. Car l'une risquait sa peau et l'autre sa pelure. D'un seul regard croisé qui disait toute la férocité animale avec laquelle ils devaient tenter de fuir, la décision fut prise. La vélocité d'Amamby surprit le Ronçard. Ses poignets glissèrent entre ses trois longs doigts mouillés. Bellambre, qui n'a aucun égal pour les acrobaties, bondit sur la tête de l'un, puis sur celle de l'autre, les clouant tous de stupéfaction. Et quand les trois Cerbères recouvrèrent leurs esprits, nos deux amis plongeaient déjà main dans la main. Mais les Ronçards ne connaissent ni la peur ni le renoncement. Et ce, quel que soit le danger. Sans hésiter, ils se jetèrent à leurs trousses. Recouverts d'une gangue épineuse faiblement dense, ils flottaient à la surface de l'eau tandis qu'Amamby et Bellambre luttaient pour ne pas sombrer. D'un coup, tous les deux disparurent dans les remous. Les chances sont minces pour qu'ils s'en soient sortis vivants. Mais nous devons garder espoir !

Je t'aime.

Alec

LA GAZETTE DE SOLOFÉ

FAIT DIVERS

Rarissime. Malgré la vigilance des Ronçards, deux Aliâm's ont réussi à quitter le château en sautant dans la rivière. Il est peu probable qu'ils soient encore en vie.

* * *

ALICULTURE

Partout, depuis que les Freez's ont fait sécession, la sécurité se durcit. La nuit, les Ronçards récoltent à tour de bras. Et le jour, les mages exaltent leurs vaillants soldats à s'engager. Les Nécroseurs sont, disent-ils, sur le point de flancher ! À titre exceptionnel, l'intendant a autorisé l'enrôlement des jeunes pouces.

* * *

BRÈVE ALIÂM'S

Chantimelle, la Chantifraise

« Quand je lui demande si elle est ma meilleure copine, Kidisse, la Kidiwi, me dit toujours « Mais oui, évidemment que je suis ta meilleure copine ! » Maman m'a conseillé de ne plus faire confiance à une Kidiwi. »

* * *

QUI S'EN FOUT ?

Les Pissenlits, dont la tête est camouflée par un pappus d'akènes blancs, ne s'expriment et ne se déplacent que très rarement. Souvent harcelés à cause de leur amusante chevelure, ils ont un don inné pour se confondre avec leur environnement.

*

Les greffes entre Fruip's présentent un véritable intérêt pratique et esthétique. En effet, vous disposerez de plusieurs saveurs en un seul spécimen. Quant au choix des couleurs, tout est possible !

*

Les épreuves sportives Beaf's ont reçu quelques aménagements de règles. Croche-pieds, coups de tatanes, coups de poings bien appuyés, tous les coups sont permis. Pendant les entraînements, le Noir-mage leur enseigne tricheries et coups bas. La gagne, rien que la gagne, raison pour laquelle les Beaf's raflent allègrement la majorité des compétitions organisées. À côté, leurs adversaires Fruip's et Gum's sont des enfants de chœur.

Chapitre 33
LE DÉSERT DES CAROUBIERS

Le dernier soldat à les suivre, couteau à la main, gagne du terrain. Papèque grimace. Son mollet de Pastèque le brûle, mais celui de Cochonaille a encore du jus. Tenue par les cheveux, visage tourné vers l'arrière, Pastophie informe Papèque de la distance qui les sépare.

« Relance ! lui crie-t-elle, il se rapproche ! »

Au crépuscule, ils sont enfin seuls.

Après une nuit de sommeil, les Pastèques repartent sans tarder. Leur ami Pomilien, jeune et naïf, est en danger. Face au Ravito, ils ne donnent pas cher de sa peau. Quand le soleil brille à son zénith, ils aperçoivent au loin une silhouette. Leur cœur s'emballe. Dans la solitude du désert, l'amitié devient plus précieuse que nulle part ailleurs.

« POMILIEN ! crient-il à tour de rôle. »

Mais Pomilien n'entend pas. Papèque court aussi vite qu'il le peut, poussé par un mauvais pressentiment. Pomilien et le Ravito se fondent en une unique silhouette immobile. Après cinq minutes d'une course effrénée, ils sont assez proches pour voir Ravito inspirer un grand coup et éjecter son épine frontale vers leur ami. L'attaque est imparable. La Pompote s'effondre. Ravito fléchit sa jambe et saute sur son corps encore vert. Papèque hurle :

« Mon ami ! Mon ami ! Que fais-tu à mon ami ? »

Tout en regardant les Pastèques, Ravito recouvre Pomilien de son drap d'épines et commence à aspirer. Quand il se relève, Pomilien est sec et plat comme une vieille feuille tombée de l'arbre.

Les deux Pastèques sont horrifiées. Elles ont perdu leur seul ami. Dans cet océan de sable où chaque jour est un supplice, tout s'évapore : l'espoir, la jeunesse et les larmes qui ne roulent jusqu'aux joues qu'à la faveur des nuits froides. Alors Pastophie, qui a perdu son langage châtié en même temps que son corps, exprime sa peine et sa colère en insultant le Ravito :

« Salopard, gros salopard, ton corps est rempli d'eau, mais ton cœur est aussi sec qu'une vieille crotte de bique. Vas-y chéri, fais la peau à cette ordure !

— Bah t'es drôle toi, comment veux-tu ? C'est impossible !

— Mais j'en sais rien moi, c'est toi le soldat de l'équipe, bon à rien !

— Et toi la tête pensante, très chère, à moins que tu ne sois bonne à autre chose ? »

Piquée au vif, Pastophie réfléchit. Un adage Fruip's traverse son esprit :

« Guerrier de lumière, orage salutaire. »

Je dois utiliser au mieux les qualités de Papèque, pense-t-elle. « CONCILLIABULLE ! crie-t-elle pour que Papèque la porte au niveau de son oreille. »

Du bout des lèvres, elle lui susurre son idée. Papèque acquiesce. Il s'approche du Ravito qui s'est relevé en lui tendant sa Calebasse. Le Ravito y introduit son tuyau désaltérant. Après quelques secondes d'attente et un « Ahhh ! » de soulagement, l'eau commence à couler. Une fois la Calebasse remplie, le Ravito la lui rend. Papèque boit jusqu'à la lie. Un goût de Pomme l'envahit. Il émet un haut-le-cœur. À l'intérieur de lui, son ami réclame vengeance. Le corps d'une Pastèque peut contenir beaucoup d'eau. « Encore », fait-il, d'un geste du pouce. Ravito semble contrarié.

« Ton devoir est de désaltérer tes visiteurs, applique-toi à le faire avec générosité ! »

Au quatrième service, le jet devient moins puissant.

« Je suis une Pastèque, j'ai besoin de beaucoup d'eau. »

Ravito a peur. Papèque le voit dans son regard. Au sixième service, il laisse tomber sa dernière goutte de vie, s'apprête à protester, mais Papèque pose son index sur ses lèvres :

« Chuttt ! »

Le Ravito, peau flétrie, émet un râle de désapprobation et s'écroule sur le flanc.

« Où veux-tu aller ? susurre-t-il, avec l'espoir de le piéger. »

Papèque se penche, comme pour lui glisser à l'oreille quelques mots. Dans l'œil du Ravito, une étincelle. Il inspire une grande goulée d'air, prêt à tuer l'effronté. Mais Papèque ne dit rien, car il devine que les Ravitos tuent tous ceux qui désirent rebrousser chemin. Ainsi meurt le Ravito : déshydraté. Papèque embrasse Pastophie qui s'abreuve à ses lèvres. Puis il crie sa victoire vers l'horizon.

« Moi, Papèque, JE SUIS L'OASIS DANS LA MER DE FEU !

— Et moi, lui dit Pastophie, je suis quoi, moi ?

— Toi euh et bien tu…

Laisse tomber et remet nous en route, il y a encore beaucoup d'ennemis à combattre et plus encore de frères à sauver. »

LA GAZETTE DE SOLOFÉ

LA FAIM À NOS PORTES !

Les stocks au plus bas

Conséquence de l'accord passé avec les Sauriens et de la prise de pouvoir du mont Glacé par Ketchavic, la Ketchup scélérate, la pénurie de Crup's est devenue pour la première fois un véritable sujet de préoccupation. Notre bienveillant roi a donc décidé d'accélérer le mûrissement des jeunes pousses en ordonnant leur expédition dans le désert en attendant que la situation ne revienne à la normale.

* * *

LA SAISON DES AMOURS EST LANCÉE !

Syrphe, qu'on ne croise qu'exceptionnellement, est un scientitruffe au masque d'abeille enveloppé d'ornements postiches qui a le pouvoir de former les couples. Certains Aliâm's éprouvent parfois des difficultés à trouver l'âme sœur ou à enfanter. Alors scientitruffe, passé maître dans l'art de la chimie et de la manipulation, a imaginé ce cupidon carnavalesque pour forcer les amours et améliorer la fertilité des Aliâm's.

Ainsi, quand les naissances mollissent, Syrphe joue à merveille son rôle d'entremetteur. Dans les fermes, les potagers et les vergers, les célibataires retiennent leur souffle. Pourvu que l'amour tombe sur moi, qu'enfin je trouve ma moitié. Tout en dansant, Syrphe, fort d'une incontestable autorité sentimentale, saisit la main de l'un pour lui offrir la main de l'autre et après une gorgée d'élixir d'amour, le couple exulte. Nous pouvons d'ores et déjà vous annoncer qu'au premier jour de la saison, trois nouveaux couples seront formés : Manguelane et Manguelor, Cocovie et Cocojack, et aussi, Cerisette et Cerianus. Les Pépinos ne devraient pas tarder !

* * *

LE MARCHÉ DES JUS DE FRUIP'S TRINQUE AUSSI !

Nous suivons Eléora et son fils Kartryl. Tous deux s'arrêtent au distributeur de jus de Fruip's. Cinq d'entre eux sont alignés là, visages fermés, attachés par les pieds, esclaves trahis par le goût exquis de leur chair et de leur urine. Le petit garçon tend le godet de bois sous le tuyau de Jean-Pressé qui le remplit jusqu'à la moitié. Des poches de fatigue sous ses yeux et sa couleur orange pâle sont les signes précurseurs d'une anémie. Sans prévenir, le petit Kartryl gifle le Pressé.

« T'EN AS PAS MIS ASSEZ ! »

Jean-Pressé laisse échapper une larme tant l'humiliation ajoutée à la fatigue devient insoutenable. Cette fois, rien ne sort.

« Marche plus, marche plus ! lance l'enfant à sa mère comme s'il s'agissait d'une mécanique en panne. »

Alors, pour régler la panne sèche, le vendeur procède au gavage. Il saisit un long tuyau à côté du baril, y plonge une extrémité, aspire pour vider l'air et, une fois que l'eau commence à jaillir, plonge l'autre extrémité dans la gorge du Fruip's. Ses yeux rouges exorbités tournicotent et son ventre ainsi que tous ses membres gonflent comme un ballon de baudruche. À peine quelques secondes suffisent pour qu'un jet d'Orange puissant remplisse la tasse et inonde le sol. On ne lit aucun soulagement sur le visage du Fruip's. Sa couleur orangée vire au pâle. Aux dires du petit Kartryl, le jus n'a pas suffisamment de goût. C'est que Jean-Pressé a déjà beaucoup servi. Il lui faut se reposer avant de pouvoir offrir toute sa quintessence et recouvrer un peu de joie de vivre. Car un Fruip's trop déprimé propose un jus frelaté.

Chapitre 34
SYRPHE DE PASSAGE AU VERGER

Le poignet tenu ferme, Syrphe les félicite :

« Moi, Syrphe l'accoupleur, guide des Aliâm's en fleur et des droites tiges, par les lois de la nature ancestrale, noyaux heureux, rouge mangue, d'amour je vous lie ! »

Les Fruip's tout autour applaudissent tandis que les deux boivent le nectum. L'effet est instantané.

« Alors, c'est toi ? dit Manguelane à Manguelor.

— Oui c'est moi et toi, c'est toi ?

— Oui, c'est moi. »

« Bravo ! Entend-on. Félicitations ! »

Le couple nouvellement formé déambule fièrement, s'affiche en tous coins du verger, main dans la main. Oh ! Manguelane ne le trouve pas tout à fait à son goût, mais elle est si heureuse de bientôt engendrer une ribambelle de Mangues… Et lui ne la trouve pas tout à fait à son goût non plus, mais il est heureux de trouver une Mangue en fleur. L'ingénue court, légère, tête tournée vers sa pioche, la dévisageant. Comment est-ce possible, un si grand bonheur ? Lui prend l'envie de se pincer, submergée qu'elle est par ces sentiments si soudains, si violents.

Cerisette, que Syrphe doit unir à Cerisanus, est introuvable. Manifestement remonté contre le Rouge-mage, Syrphe exige des Ronçards qu'ils lui mettent la main dessus.

Chapitre 35
CAMARADERIE

Surgi de derrière un arbre, un P'chou attrape Pissentruc au niveau du cou. Ses doigts serrés autour, il le secoue, libérant une nuée de poudre blanche, puis inspire une profonde goulée dans le but de l'écheveler. Amanby accourt et d'un grand coup de latte, fait valser le P'chou au loin dans l'herbe haute.

« Celui-là ne t'embêtera plus, lui dit l'Amande. Mais dis-moi, je t'ai vu ruminer avant que le P'chou ne t'agresse. Que t'arrive-t-il ?

— Tu ne comprendrais pas.

— Je peux comprendre bien des choses.

— Je suis triste parce que cela fait deux longs jours que le vent n'a pas soufflé.

— Pourquoi voudrais-tu qu'il souffle ? Interroge gentiment l'Amande. Es-tu si pressé de voir tes petits mioches quitter ta tête ?

— Pas du tout, j'aime mes mioches. Mais le vent me transmet la voix de tous les Pissentrucs. Sans vent, plus de nouvelles !

— Tu veux dire que quand le vent souffle, tu entends les voix des Pissentrucs ?

— Oui, celles de mes grands mioches et de ma famille.

— Ils te parlent, comme je te parle ? De là où ils ont atterri ? »

Pissentruc acquiesce. Alors Amamby réfléchit, et avec son accord, l'agrippe par les chevilles et commence à le faire tournoyer autour de lui. Pissentruc ferme les yeux et se laisse aller en arborant un sourire extatique. Quand il rouvre les yeux, il décrit la vie au verger dans les moindres détails : le pas triste de sa mère Amandance qui remonte le sentier chargée d'eau ; Nectabalak sur le point de remporter une fois encore le lancer de noix de coco ; Martipote qui échange des pierres précieuses avec Arcopomélos.

« Mais pourquoi personne ne sait ce dont vous êtes capables ? Demande Amamby. Et puisque vous êtes en tous lieux et que vous voyez tout, pourquoi nous avoir caché la véritable nature des hommes et des Beaf's ?

— Tu es intelligent Amamby. Nous n'ignorons pas grand-chose de ce monde. Et pourtant, jusqu'à ce jour, personne n'a jamais rien demandé à un Pissentruc. Tout ce que vous savez faire, c'est nous souffler sur la tête !

— Je vois… Mais dis-moi Pissentruc, jusqu'où peux-tu voir ?

— Jusqu'où se trouvent mes mioches, les mioches de mes mioches et plus loin encore. »

Pissentruc trouve Amamby bienveillant. Alors il lui souffle discrètement à l'oreille :

« Dorénavant, quand tu croiseras un Pissentruc, prononce ces mots : « Pissentruc, j'ai besoin de toi, Pissentruc, j'ai besoin d'un truc. » Nous sommes frileux et sensibles à la chaleur et à l'humidité, mais dans tous les autres endroits de ce vaste monde, nous avons des yeux et des oreilles, et ces yeux et ces oreilles désormais sont les tiennes. »

CONFESSIONNAL

Le roi

Hier, ma reine, dans un état second depuis ce rot hypnotique aux postillons de sang, mais qui traîne toujours une oreille indiscrète, m'a soufflé d'une voix faussement détachée :

« Fais ce que bon te semble, mon destin sera le tien, mais garde-nous de finir dans le ventre de nos propres enfants. Prive encore quelques jours ton peuple de nourriture et tu verras comme son ire est plus terrible que le plus terrible de tes ennemis. »

Puis, elle a poursuivi son tricot, se jetant corps et âme dans ses points de blé. Je ne la comprends pas. À quoi bon s'inquiéter ? Notre royaume est fort. Les Squameux, qu'ils soient Sauriens ou Viparides, ne connaissent pas l'art de la charpente. Sans flotte, qu'avons-nous à craindre de ce côté-ci de la mer d'Alogne ? Alors certes, le petit peuple a faim, mais est-ce si important, si ceux qui les gouvernent ont le ventre plein ?

* * *

Cerisette

En pleine nuit, alors que je dormais, Amamby m'a portée sur son dos et m'a cachée dans un sous-bois. Au réveil, il m'a tout révélé. Je suis horrifiée. Syrphe est à nos trousses, un élixir d'amour dans sa main pour me rendre amoureuse de ce laideron de Cerisanus. Plutôt mourir !

* * *

Sanglia

Je dois vous avouer le pire. Quand arrivés sur la berge, Sangliro et Sangloche s'arrêtèrent net devant ce mur d'eau calme et traître, je leur soufflai d'un air détaché que Sangraté – qui était réputé pour sa couardise – l'avait traversé sans marquer la moindre hésitation. Alors, par orgueil, Sangliro plongea crânement. La scène qui suivit fut telle que je me l'étais imaginée. Après deux ou trois mouvements incertains, mon piètre nageur de frère fut tiré sous l'eau translucide de la rivière ; il disparut quelques secondes puis fut recraché une, deux fois, quand Sangloche, trop heureux de pouvoir voler à son secours, prévoyant d'en tirer quelques menus privilèges, plongea en criant son soutien :

« TIENS BON, COUSIN, JE VIENS TE SAUVER ! »

Il disparut à son tour. Mais juste avant de quitter les lieux, je vis jaillir la tête de mon frère hors de l'eau. Son regard s'accrocha désespérément au mien. Tout en battant frénétiquement des mains, il gargouilla :

« VIENS M'AIDER, AU NOM DE OUARF, JE T'EN SUPPLIE ! »

Je ramassai une pierre qui se trouvait à mes pieds, mais avant même que je ne la jette, Sangliro se laissa avaler par mon insondable trahison. Dieu Ouarf, j'essaie d'éprouver de la tristesse pour ce frère destiné à suivre le même chemin infâme que mon père, mais je n'y parviens pas.

Chapitre 36

LA FUITE

Alors que le plus proche des Ronçards lance ses bras en direction des deux Aliâm's, comme un pêcheur le fil et son hameçon, il est surpris par le tronc d'un chêne couché recouvert de lianes et de ronces enchevêtrées qui effleure l'eau. Principal atout, son derme épineux le piège dans l'étreinte passionnée de son ancêtre. Ronçarok et son comparse Ronçudek évitent de justesse le piège et crawlent frénétiquement jusqu'à une cascadette qui les fait tous chuter dans un grand bassin alimentant deux bras de rivière en aval. La centaine de mètres à parcourir jusqu'à leur embouchure ne laisse aux Aliâm's d'autre choix que l'affrontement. Le deux contre deux est inégal : Ronçarok est de loin le plus impressionnant.

« À cause de vous, je perds mes mûres ! Mes mûres, ma fierté ! Vous allez me le payer cher ! »

Il hurle si fort que la surface argentée du lac se met à trembler. Ronçudek, qui compense sa petite taille par sa teigne, glisse comme une torpille. Bellambre bêle. Elle est effrayée et épuisée. La mort l'aura pourchassée trois fois en une seule journée. Amamby lui prend la main comme pour éloigner d'une mort solitaire. À deux pas des fuyards, Ronçudek, sent soudaine agitation qui ondule la surface puis une première morsure au mollet. Il s'arrête, et se positionne à plat dos pour inspecter cette étrange sensation. Sa jambe droite a disparu. Il prend peur, s'agite. Sous l'eau, des ombres énormes de Poiscailles le tirent jusque dans les profondeurs du bassin. Ronçarok a perdu ses bijoux et deux de ses soldats, mais ne compte pas perdre la vie. Alors, il s'accroche in extremis à la façade escarpée de la montagne et s'extirpe. À regret, il entame sa longue ascension jusqu'en haut de la falaise, fixe longuement Amamby, comme pour graver son visage dans sa mémoire.

Un redoutable ennemi s'éloigne, mais le Fruip's et le Beaf's, ignorant les réelles intentions des Poiscailles, ne sont pas encore rassurés. Une première tête hideuse sort de l'eau, suivie d'une seconde, jusqu'à la cinquième, toutes recouvertes d'écailles, les yeux dépourvus de paupières, les dents acérées. Leurs dos sont flanqués d'une longue nageoire mauve dont l'armature se termine en pointes vénéneuses. Soudain, tout autour des Siluriens, les eaux sont chassées par la force inimaginable de pieds palmés. Leurs corps luisants émergent jusqu'à hauteur de genoux, donnant une impression de lévitation magique. En tous points du bassin, d'autres Poiscailles plus petits et moins effrayants se dévoilent à leur tour. Il y a des Truitux, des Murex, fluettes et visqueuses, des Arapaïma, des Raies à queue mortelle, des Esturgeons et des Perches translucides. Le plus grand des Siluriens pose ses longs doigts à fleur d'eau et tapote la surface de plus en plus fort. Les autres Poiscailles l'imitent, comme célébrant la venue d'un messie. De nageoire en nageoire, la nouvelle se répand. L'eau, comme un feu d'artifice, éclabousse chaque recoin de ciel. Et dans ce spectacle merveilleux, leur maître muet les porte jusqu'à la berge.

Amamby et Bellambre s'inclinent pour les remercier, la main posée au centre de leur abdomen. Simultanément, comme obéissant à un ordre aquatique qu'aucune créature terrestre n'est capable de percevoir, les Poiscailles prennent congé en plongeant dans les profondeurs de l'azur mystérieux.

BRÈVE ALIÂM'S

Sanglisse, la Sanglipoil

« Ma sœur Sanglia a changé depuis qu'elle a vu les Plum's. Elle est devenue très discrète, refuse de manger autre chose que des fruits et des légumes. Je crois qu'elle devient folle ! »

Mac Dindoc, le Dindoc

« Que comptez-vous faire avec toutes ces…

— Une Samare, cela s'appelle une Samare ! Je ne peux rien vous dire.

— Pourquoi donc tant de secrets ?

— Un bricoleur, comme un cuisinier ou un magicien, ne doit jamais révéler ses secrets de fabrication !

— Pourquoi donc ?

— Parce que ! Maintenant, laissez-moi, j'ai du pain sur la planche ! »

* * *

QUI S'EN FOUT ?

Le Trèspressé est parfait pour décorer une maison. Mais il peut aussi être très utile :

- Confiez-lui des tâches quotidiennes comme uriner sur vos chambranles de portes et rebords de fenêtres, dans les trous et fissures par lesquels ces insectes peuvent s'inviter chez vous. C'est un désinfectant naturel !

- Pelez-lui légèrement la fesse et répandez les écorces dans le feu de votre cheminée pour éviter les mauvaises odeurs.

Chapitre 37
LA CAVALE

Dans cette aube naissante, la fine rosée du matin dépose des perles d'eau qui ruissellent sur les pieds de Cerisette, formant des auréoles brunes sur la terre nue à cet endroit. Un magnifique collier de fleurs au cou, une brassée de joncs à la main devant une pile de paniers achevée, Cerisette réfléchit à sa prochaine création. À deux ans, elle a atteint les deux tiers de son espérance de vie. L'équivalent de quarante années pour un homme. Sa peau est encore tendue, mais elle tire par endroit au gros rouge. Amamby vient de passer sa troisième année, mais il est encore une jeune Amande. Tous deux sont conscients de l'inéluctable fuite du temps qui finira par les séparer. Mais quand l'un souhaite aborder le sujet, l'autre l'élude subtilement, préférant embrasser l'ivresse du bonheur présent.

Cela fait dix jours qu'elle se terre au milieu du bois. Elle doit attendre encore le double ; le temps que passe la saison des amours et la menace de Syrphe. Pendant ce temps, Amamby intrigue la nuit et roupille le jour.

Au loin, elle le surprend, passant d'un Pissentruc à un autre. Parfois il se satisfait de leurs échanges, mais cette fois il peste contre le vent et cela la fait sourire. Elle le voit s'éloigner puis disparaître derrière la colline. Un calliste bleu turquoise et vert se pose délicatement sur son épaule, accompagne son regard amical de trois longs pépiements. Un autre lui répond en écho, participant au chant gai et vivifiant de la nature en éveil. Soudain, le vent, et avec lui le mouvement des branches, les oiseaux qui y trouvent refuge, le cœur battant de la forêt, tout dans son ensemble se fige. Une mauvaise intuition lève le menton de la Cerise, tend ses muscles de son visage, fronce ses sourcils. Autour, des cercles concentriques formés par les Ronçards s'approchent inexorablement. Elle le sent.

« Qu'adviendra-t-il de moi s'ils me retrouvent ? Avait-elle demandé à Amamby un jour d'orage. »

Les mots doux de la jeune Amande n'étaient pas parvenus à calmer son angoisse.

Chapitre 38
TERRIBLE DRAME FAMILIAL À LA FERME

Le corps sans vie de Sangliro est jeté aux pieds de son père, le Sage Sanglard.

« Ça flottait dans l'Ubongo, balance froidement la Ronçarde. »

Le corps de Sanglicorne n'a pas été retrouvé. La noyade rend le corps du cadavre méconnaissable. À genoux devant la dépouille, Sanglard saisit sa main. Autour, les Beaf's pleurent. Aucun n'est réellement triste pour cette brute écervelée de Sangliro. Mais ils pleurent sans larmes pour témoigner leur soutien au sage et conserver ses faveurs.

Comme le veut la tradition, l'enterrement a lieu dans la journée. Sanglia se tient aux côtés de son père.

« Désormais, tu es mon héritière, dit-il à regret. Tâche de te montrer à la hauteur. »

Sanglard lève les mains pour gagner l'attention des deux milliers de Beaf's réunis. On entend plus que le bruissement du vent sur les arbres.

« Beaf's à poils, fourrure et plumes, vous êtes tous mes enfants, œuvre malodorante du créateur Ouarf, lance-t-il solennellement, aujourd'hui je souhaite transmettre ce collier de pyrite à ma fille aînée, Sanglia. Je sais qu'elle saura s'en montrer digne, aussi sûrement que Sangleve et tous nos illustres aïeux qui ont su vous servir avant moi. »

Au même moment, un Sanglipoil approche en titubant. Tel un spectre avide de vengeance, il gravit les quatre marches jusqu'à se planter devant Prak, Sanglia et Sanglard, tous trois s'adonnant au concours du visage le plus stupéfait. Avant qu'aucun n'ait le temps de s'exprimer, Sangliro décoche à Sanglia une droite tombée d'un cocotier, ce qui ne manque pas de susciter autour une vive protestation, car Sanglia est aimée de tous, contrairement à son frère.

« Mais je croyais que tu étais mort…

— Père, tu as enterré Sanglicorne…

— Oohh ! entendit-on.

— Quand l'Ubongo nous a attaqués, emportant mon cousin, je n'ai eu d'autre choix que de me battre, dit Sangliro. Mais le monstre aquatique glissait entre mes doigts. Alors, j'ai bu son sang bleu. Mon ventre était sur le point d'exploser. Je ne pouvais plus le maîtriser. Par tous mes orifices, il sortit et prit la forme d'un monstre tentaculaire. Toute la nuit, j'ai frappé sa peau translucide jusqu'à ce qu'il se calme et retrouve son lit. Père, ai-je fait honneur à ton rang ?

— Oui, fils. Et je t'en félicite. Mais ta sœur, qu'a-t-elle à voir dans cette histoire ?

— Voyant que la bagarre avait tourné à mon avantage, cette diablesse m'a jeté une pierre sur le front et j'ai perdu connaissance. »

Sangliro s'agenouille et frappe une seconde fois sa sœur au visage. Du sang gicle sur la terre sèche. Mais alors qu'il pensait s'asseoir aux côtés du Noir-mage pour prendre la relève de son père, une réaction imprévisible de la foule vient compromettre son projet…

Chapitre 39
MARÉCAGES D'ASTHOUAN

Le transport fait sa révolution !

« Grâce à toi, Bananok-la-Grosse, dit le Roi Glomollet, nous sommes débarrassés des Crocodiles. Plus encore, nous avons réussi à en capturer sept. Soit un pour chacun des sept doigts de nos mains.

— Euh, huit doigts, corrigea Bananok.

— Oui enfin, c'est que moi j'en ai perdu un en taillant un roseau, mais… huit comme euh…

— On s'en fiche, souffla Bananok.

— Exactement, on s'en fiche ! Je disais donc Bananok-la-Grosse, prince des marais et toi aussi, qui m'a sauvé la vie, Cocobat-le-Manchot, vous tous, soyez fiers de notre armée, soyez fiers de LA REDOUTABLE ARMÉE DES CURE-DENTS ! »

Les yeux globuleux du roi grossissent à mesure qu'il harangue la foule, au point que Bananok ne parvient à dissimuler son effroi quand l'un des yeux menace de quitter son orbite.

« Que se passe-t-il, prince Bananok ? lui demande le roi en voyant son visage blêmir.

— Rien, rien, répond gênée la Banane, soulagée de voir que l'œil du roi retrouve son orbite. Simplement, je pensais, reprend-il sans attendre, qu'il serait peut-être temps de bâtir un plan d'attaque, car dans la guerre qui s'annonce, l'effet de surprise sera décisif.

— Bananok, comme tu es intelligent ! Tu as raison, nous devrons frapper vite. Mais avant toute chose, il nous faut renforcer encore notre armée. »

Alors, Erakis Glomollet recommence à hausser la voix. Et Bananok, cette fois, préserve son regard de la face hideuse du roi en regardant ses pieds.

« PAR LES POUVOIRS DES MARÉCAGES D'ASTHOUAN, J'ORDONNE QUE LES PLUS VÉLOCES D'ENTRE VOUS PARTENT EN TOUS COINS DES MARAIS RECRUTER LES PLUS VAILLANTS SOLDATS ! Puis, dit-il en reprenant son calme, quand vous serez de retour, nous tiendrons notre promesse envers ceux qui nous ont libérés et à notre tour, J'EN FAIS LE SERMENT, NOUS LES LIBÉRERONS ! »

Malheureusement pour le roi, ce dernier cri fait sauter son œil droit aussi nerveusement qu'une sauterelle de son brin d'herbe. Oh, il ne manifeste aucune douleur. En quelconque circonstance, même grave ou douloureuse – qui plus est en pleine causerie – un roi ne peut faire le sacrifice de son courage. Alors Sa Majesté attrape son œil devenu pendule divinatoire et le replace dans son orbite, en appuyant le plus simplement du monde avec l'extrémité de son doigt. Un *pfuic* visqueux atteste de son retour au bercail. Le roi esquisse un léger sourire de soulagement, lequel est suivi par de mimétiques *croas !* Puis il commence à rire de sa grosse voix caverneuse. Toutes les bouches s'unissent dans une surenchère burlesque, communion de joie et de bonne humeur.

Mais les marécages d'Asthouan s'étendent à perte de vue. Une année entière ne suffirait à parcourir toute cette surface défendue par de hautes herbes et des tourbières que même les Croa's peinent à traverser.

En regardant le très musclé Croafeat s'appuyer sur le flanc du plus gros des Crocodiles tout en faisant la cour à une Marie-Saute-ouïe, une idée jaillit dans l'esprit de Cocobat.

« Hey, Croafeat, cesse de parader, j'ai besoin de ce double hameçon et de la longue corde qui pendent autour de ton cou. Et vous autres Croa's, courez en chercher d'autres, nous en aurons besoin pour immobiliser la tête du monstre. »

Depuis le sauvetage de leur roi, Cocobat bénéficie d'une aura inégalée. Ce Fruip's discret, serviable, incroyablement courageux, marqué dans sa chair par ses actes héroïques, se place dorénavant au plus haut dans la hiérarchie militaire.

La pupille ovale s'élargit sur l'iris jaunâtre du Crocodile. Des millions d'années d'évolution lui soufflent de bien mauvais présages. Sa queue commence à s'agiter. Les cordes sont jetées au pied de Cocobat par des Croa's curieux. L'animal se redresse sur ses pattes, crâne relevé, menton bas.

« Muselez la bête avec ces dix cordes. Serrez bien fort autour de sa gueule ! »

Les lassos en place, les dix Croa's serrent d'un coup. La tête s'immobilise net. Deux secondes suffisent au Crocodile pour concentrer autant d'énergie qu'un volcan en éruption. D'un coup de tête foudroyant, il envoie les dix courageux voltiger. Cinq plongent dans la mare, trois moins chanceux s'écrasent sur le sol et les deux derniers ne seront jamais retrouvés.

À la seconde tentative, ils sont cinquante Croa's à tenir les cordes. Vu l'agitation, une centaine d'autres regardent, dont Bananok et le roi en personne. Une fois muselé, le Crocodile recommence son numéro de cirque, mais cette fois, le contingent tient bon. Bien que l'idée de ligoter un dinosaure est amusante, tous se posent la même question. Pourquoi faire, exactement ? Question à laquelle seul Cocobat peut répondre, lui qui emprunte désormais des airs de toréador.

« Maintenant, toi, Croafeat, va planter tes deux hameçons dans les narines du Crocodile ! »

Croafeat pâlit. En d'autres circonstances, il aurait passé son tour. Mais sentant le regard de Marie-Saute-ouïe, il se lance, le torse bombé, se dirige vers le flanc de la bête, remonte l'échine et une fois sur sa tête, écarte les deux hameçons reliés par une tige commune, les place devant ses narines fumantes et tire d'un coup sec. Étonnamment, comme résigné, le crocodile ne réagit pas.

« Merci Croafeat, maintenant, descends, veux-tu ? Je vais te montrer à quel point une bouche de Cocobat peut-être convaincante ! »

Et Cocobat, avec une dextérité qui n'en finit plus de surprendre, tant il s'est habitué à la perte de ses bras, bondit sur la patte avant du Crocodile, puis sur sa tête, et crie, buste en avant, fier de ce qu'il est :

« MES AMIS CROA'S, QUAND CROAFEAT COMPTERA ZÉRO, LIBÉREZ LA GUEULE DU CROCODILE, COUPEZ LES CORDAGES À SES PIEDS, ET QUE DÉMÉTER ME CONDUISE LÀ OÙ BON LUI SEMBLE ! »

Cocobat mord la corde comme on saisit les rênes d'un cheval et tire sèchement en arrière.

« DIX ! »

Sous la douleur, le monstre se cabre en hurlant. Une fumée de rage exsude de ses narines grandes ouvertes.

« NEUF ! »

Les Croa's et les Aliâm's les moins courageux fuient.

« Cette Coco est foldingue ! crient-ils. »

Les autres s'affolent en courant au diable Vauvert.

« QUATRE ! »

Le roi n'en mène pas large, mais il montre l'exemple.

« COUPEZ LES CORDES ! ordonne-t-il. »

Le crocodile se cabre pour protester, mais Cocobat, jambes écartées, tient bon, ses deux pieds profondément plantés dans deux crevasses, sa mâchoire de fer serrée tel un étau. Alors, sous le regard éberlué de tous, le monstre se cabre, bondit, serpente pour venir à bout de cette indélogeable tique. Puis, apercevant l'étang au loin, fonce droit et y plonge, tournoie au fond de l'eau encore et encore. Cocobat retient sa respiration. *Plutôt mourir noyé que d'abandonner ma monture.* Car si Déméter l'a privé de ses bras, elle l'a doté d'une volonté à toute épreuve. Quand enfin tous deux jaillissent de l'eau fangeuse, Cocobat relâche légèrement la tension, ce qui a pour effet d'apaiser la bête. Il se penche en avant, la fixe de son regard déterminé. Les yeux révulsés du Crocodile acceptent la soumission en clignant. *Arrête ce supplice, je t'en supplie ! Promis, je te porterai où tu voudras !*

Alors, Cocobat tire légèrement à droite et le Crocodile tourne dans cette direction, là où tous les autres regardent, incrédules. Aux pieds du roi, Cocobat desserre enfin sa mâchoire endolorie. La bête est domptée.

« Encore six comme celui-ci Majesté, et dans deux jours, votre armée sera au complet ! »

Chapitre 40

LEÇON DE NÉGOCIATION AVEC UN CANASSON

Dindoc se met en marche pour le mont Aigleux. Mais la marche est autrement plus fatigante que le bricolage. Ses jambes courtes et fines sont juste assez musclées pour porter son corps. Dès la première heure, il pense déjà à rebrousser chemin, lorsqu'il aperçoit non loin un Canasson paître l'herbe grasse au milieu d'un champ.

« Que veux-tu, vieux Dindoc ? demande le Canasson.

— Je m'appelle Mac, et je cherche un ami pour m'accompagner jusqu'au Mont Aigleux en faisant un crochet par la forêt d'Abanite.

— Et cet ami, naturellement, devra te porter sur son dos, dit le Canasson qui répondait au nom de Loko.

— Comme tu es clairvoyant ! Accepterais-tu de me rendre ce petit service ? En échange, je te construirai une magnifique et grande balançoire. Assez grande pour que vous puissiez vous amuser, toi et tes Canassains.

— Intéressant… Une grande balançoire… Pour mes Canassains…

— Alors tu acceptes de m'aider ? »

Le Canasson réfléchit un instant puis déclare :

« Habituellement je ne porte jamais personne sur mon dos, mais comme tu as l'air léger et sympathique, je vais t'aider. Inutile de me construire une balance. La seule idée d'éloigner mes sabots du sol me terrifie. Quant à mes Canassains, j'en ai probablement quelques-uns, mais ils ne se sont pas encore manifestés… »

Mais alors que Mac pense décamper aussi sec, le Canasson, aux jambes longues et puissantes, arrache une touffe d'herbes appétissantes et recommence à brouter, le regard vide, incapable qu'il est de manger et de réfléchir simultanément.

« Partons avant le crépuscule, veux-tu ? Je suis attendu ! s'impatiente Mac.

— Non, pas encore, je ne me sens pas prêt.

— Si tu n'es pas prêt alors que le temps ouvre la promenade, quand le seras-tu ? »

Mais le Canasson recommence à mâchouiller tranquillement, son visage mi-homme mi-cheval détendu, comme savourant un met délicieux.

Mac le bricoleur songe que le partage d'un bon repas permettrait peut-être de fabriquer une amitié solide. Il entreprend de manger lui aussi de l'herbe grasse. Il en arrache une touffe et porte les brins un à un à son bec. Il scrute le visage du Canasson, espérant y déceler un signe d'approbation complice, mais celui-ci lui renvoie un regard incrédule et poursuit sa mastication d'un air absent. Finalement, Dindoc laisse tomber la touffe d'herbe et saisit au fond de son sac un topinambour et un morceau de sucre.

Une fois terminé son repas, il rebrousse chemin. Après tout, lui est un artisan, et un sacré bon, en aucun cas une mule ou une espèce d'aventurier ! À peine le canasson aperçoit-il le morceau de sucre qu'il se fige d'émotion et fond en larmes. Dindoc, qui est parfois rustre, mais aucunement dépourvu de cœur, lui intime de se calmer ; explique qu'un service peut toujours se refuser ; que son insistance ne se reproduira plus ; que ses derniers temps, il est un peu à fleur de plume. Le Canasson comprend que Mac Dindoc n'a pas saisi l'objet de sa convoitise. *Si je lui demande ce morceau de sucre, je suis bon pour deux jours de marche*… Alors, il tente une ruse.

« Je ne t'en veux pas, Dindon, dit-il sans quitter le morceau des yeux, mais ces derniers temps, je travaille beaucoup et je me sens fatigué.

— Je comprends.

— Et mon frère Bam est grandement affaibli par la maladie. Bientôt, il ne fera plus partie de ce monde.

— Oh, mon pauvre ! Je suis désolé pour ton frère.

— Et c'est lassant de manger toujours la même chose. Alors je m'en vais d'abord chercher un petit remontant au champ de betteraves du mont l'Archevêque. »

Mac Dindoc n'ignore pas que ce champ se trouve à plus d'un jour de marche, côté opposé.

« Mais non, mais non, cher Loko, je peux bien te faire cadeau de ce petit morceau de sucre si cela te fait plaisir.

— Tu es gentil, fit Loko en tendant la main un peu trop vite. »

Dans cette promptitude à saisir le morceau de sucre, Mac perçoit le désir et dans ses yeux brillants, la malice. Alors il recule d'un pas.

« Que fais-tu ? Je te croyais pris d'un élan généreux !

— Et je pense l'être.

— Alors, pourquoi reculer ? À l'instant, tu étais tout heureux de m'offrir ce morceau de sucre.

— Je n'ai pas changé d'avis. Tu l'auras dès que nous arriverons à destination.

— Dans ce cas, je préfère partir aux betteraves !

— Dans un morceau de sucre se trouvent cent betteraves. Il t'en faudra mastiquer une charrue pour en obtenir si peu. »

Après moult tergiversations, Mac coupe le morceau en deux.

« Tu auras la moitié une fois que nous parviendrons à la forêt et l'autre moitié au mont Plumeux. »

Voici comment Mac Dindoc se retrouve plumes au vent, sur les épaules d'un Canasson gourmand, chevauchant avec tout le confort relatif d'une monte à crue sur un chemin qui s'étire de ce champ proche de la ferme jusqu'aux confins des terres méridionales du royaume.

Correspondance

Éléora, mon amour,

Je sais d'un Ronçard qu'Amamby et Bellambre s'en sont sortis indemnes. Nous nous en réjouirons complètement lorsque j'aurai mis la main dessus. Je dois te rapporter un évènement moins heureux qui ne cesse de me tourmenter : Sir Rhaul d'Ottar m'a convoqué. Qu'allait-il me reprocher cette fois encore ? « Urgent ! », avait-il écrit sur le morceau de papier attaché à la bague du papillon. Plus je m'approchais du château et plus la crasse, la misère et la faim se répandaient en un spectacle abject et dégradant. Je n'avais point peur pour ma sécurité. Ma robe était connue et respectée de tous. Et puis, tu sais bien qu'au royaume de la paix et de la gastronomie, il y a parfois des désaccords de famille, de voisinage, des différends commerciaux, mais guère plus. Je ne me méfiai donc pas, ignorant que la faim tordait désormais les ventres des plus pauvres.

Le chemin lugubre serpentait entre deux bosquets. À cet instant, une bande de scélérats bondit de nulle part et me fit chuter avant de me battre furieusement et de me dépouiller des quelques pierres que je portais dans ma bourse. *Si nous en sommes à nous entre-tuer pour des pierres, c'est la fin des haricots*, pensai-je. Je me relevai avec quelques contusions et me remis en route, allégé de notre piètre fortune. Quand je me présentai devant sir Rhaul d'Ottar, Cerisette gémissait, ligotée sur son bureau. Je compris quel vil stratagème mon chef comptait employer pour motiver Amamby. Le coin de la lèvre retroussée, il s'approcha, fier de sa forfaiture, et dit en soufflant son haleine de cave :

« J'ai pris cette initiative, mon cher Alec, car je connais mieux que quiconque la nature sentimentale de ces bêtes. Un seul mot suffira et cette Amande donnera tout ce qu'elle a dans le ventre pour gagner cette course. La finale est pour nous. Tu auras ta promotion et moi ma prime, car le roi appréciera certainement la chair de cette fraîche Amande. »

J'étais sidéré et je le suis encore. Non pas que l'intendant soit allé trop loin, ou qu'Amamby jamais ne puisse me pardonner. Mais je pense que cela produira sur sa motivation un effet dévastateur.

« Comment comptez-vous lui annoncer ? Lui demandai-je.

— Moi, lui annoncer ? N'est-ce pas toi le Rouge-mage ? Ajoute à l'annonce une pincée de culpabilité. Après tout, s'il aimait tant cette Cerise, pourquoi l'avoir laissée seule au milieu du bois ? »

Ma douce, je pense que ma mutation est cuite. Une Vachimelle ne donne pas de lait en prenant des coups.

Alec

Chapitre 41
MATARI SUR LES TERRES SQUAMEUSES

Que penseraient-ils de lui s'il rentrait battu, lui, le guerrier intrépide élevé au rang de légende vivante ? Accroché à l'ancre comme une moule sur son rocher, Matari tient bon, malgré la houle. Au moment où, le soleil haut, les Vipérides ralentissent leur métabolisme afin de maintenir leur sang-froid, il décide d'agir. Il enjambe le bastingage, s'approche du premier Vipéride endormi à même le pont. La gorge offerte du luisant s'ouvre sous le tranchant de sa lame affûtée. D'un trou auriculaire à l'autre, sa tête bascule, les yeux fixes. La mort muette file jusqu'au pied du roi Vipéride. Sans hésiter, le guerrier crève les deux yeux du Vipéride. Dans un réflexe de survie, ce dernier bondit sur ses pieds et lacère à l'aveugle la poitrine du lâche d'un coup de griffe. Matari vacille. Du sang coule le long de son ventre sculpté. *Comment dans cet état, les deux yeux en bouillie, ce serpent parvient-il encore à lutter ?* Aidé par la lumière vive, Matari s'aperçoit que le crâne de son adversaire est doté d'un troisième œil à peine visible. D'une feinte par la droite, il le déséquilibre, en profite pour lui sectionner une main, puis sans attendre, l'assomme d'un coup de poing. Matari ligote le Roi Vipéride et attend patiemment qu'il recouvre ses esprits. Alors, il l'énuclée avec la pointe de sa dague. Des cris mêlés de rage, de menaces et de douleur jaillissent de son cloaque puant. Un trophée doit porter la marque cruelle de son vainqueur.

***

La mer est agitée. Matari sort trois Beaf's de la soute pour l'aider à naviguer, et après deux jours de traversée, il débarque à Raax, fief des Sauriens, et jette à terre sa formidable prise. Autour de lui, rapidement, une centaine de Sauriens fixent de leurs yeux enragés le roi

Vipéride que jamais personne, hormis cet homme, n'a réussi à approcher.

De la pointe de leurs lances, trois d'entre eux ordonnent à Matari d'avancer droit vers la jungle épaisse, suivis par quatre autres qui portent le Roi vaincu. À coups de sabres d'abattis, deux jours durant, le petit groupe marche sans faire la moindre pause. Allure difficile à tenir, même pour un guerrier de sa trempe. En haut de la forêt qui se gonfle pour former une échine dentelée derrière laquelle se découvrent à perte de vue les territoires inconnus, le groupe s'arrête devant le creux d'un séquoia millénaire. Après deux jours d'attente, le prince Orpax-Tir sort enfin. Droit et fier, il pose sur Matari un regard froid comme la mort.

Chapitre 42
GUERRE CIVILE À LA FERME !

Dans l'esprit pâteux de certains Beaf's, même s'il se tient droit, l'image de Sangliro mort ne peut s'effacer. Un Nécroseur a probablement profité de son passage dans l'eau pour inonder son âme.

« UN DÉMON ! Hurle Pouclisse, UN BEAF'S NE PEUT RESSUSCITER ! ENFERMEZ-LE ! BRÛLEZ-LE ! »

Les pierres tombent comme des grêlons. Cette fois, Sangliro n'échappe pas à une mort atroce. Si son frère n'est pas mort la première fois et que le fratricide ne peut donc être retenu contre elle, Sanglia n'en demeure pas moins accusée de trahison. Les Rončards l'enferment dans l'attente qu'elle soit jugée et probablement exécutée. Craignant la soudaine agitation, Sanglard et Prak s'éclipsent dans un recoin du temple. Quand en fin d'après-midi ils réapparaissent, une bonne centaine de Beaf's font la queue pour offrir à Sanglia de l'eau, de la nourriture et surtout pour recueillir ses conseils. Car cette Sanglipoil, aussi bienveillante qu'intelligente, est, pour une partie des Beaf's, un cadeau du Dieu Ouarf. Une sainte.

« Les Nécroseurs se cachent souvent derrière des visages humains et même derrière celui de certains Beaf's. Mon frère est mort parce qu'il est devenu l'un des leurs, leur dit-elle.

— Et le Noir-mage ? lui demande-t-on, avec inquiétude, peut-il être infecté ?

— Quel meilleur endroit le mal trouverait-il pour se dissimuler ? »

Un Sautouïe, qui de l'autre côté de la cage tend une oreille attentive, lui dit à voix haute, comme pris d'une incontrôlable fièvre révolutionnaire.

« Mais ces forces obscures, toi qui peux les démasquer, livre-nous donc leur nom et nous leur montrerons de quoi nous autres Beaf's sommes capables !

— OUI, DES NOMS ! Crie Canacre, QU'ON EN FINISSE UNE BONNE FOIS POUR TOUTES ! »

La maladie sécessionniste infecte la ferme et devient incontrôlable. Et à l'aube de son exécution, presque la moitié des Beaf's est prête à mourir pour sauver la sainte. Sanglard dit au Noir-mage :

« Cette scélératesse doit payer pour sa forfaiture ! Brûlons-là sans plus attendre ! »

Sanglia est ligotée contre un poteau. À ses pieds, des bûches prêtes à la consumer. Une puissante ligne de Ronçards cintre la foule. Sanglard se tient debout à côté de Prak, plus teigneux envers sa propre fille qu'il ne l'aurait été pour aucun autre Beaf's. Ses yeux sont injectés de sang. Mais la ferveur populaire pour ce genre d'exécution, cette fois, semble bien pâle.

« Qu'as-tu à déclarer ? lui dit Prak.

— À toi, le mage mangeur de Beaf's, rien. Tu te fiches de ce que j'ai à dire. Nous ne sommes que de la viande à tes yeux ! »

Bellambre s'approche du Saute-Ouïe.

« Elle a raison, regardez ! renchérit-elle en dévoilant son flanc à vif. J'y suis allée, au château, et voilà ce que le roi m'a fait !

— Blasphème ! répond Prak, nous autres hommes ne mangeons que des Prim's, comme vous ! »

Tous ses partisans jubilent à l'idée d'exécuter Sanglia.

« TUEZ-LA ! TUEZ-LA ! »

Les torches s'approchent de l'échafaud. Mais à l'instant où le feu commence à lécher la paille, Sanglia cite le Dieu Ouarf :

« *Tu glorifies ton mage d'une nourriture abondante et en souriant, tu poses des étrons parfumés.* Alors, Noir-mage, souris ! dit Sanglia, et sentons la pêche que tu viens d'avaler !

— Mais non, allons…

— Sanglia a raison, étronne ! crie le petit pouleux.

— Cessez de vous ridiculiser ! Je ne vais tout de même pas étronner devant vous ! »

Et tout en disant cela, il se souvient du Locro, ce plat délicieux qu'il s'est concocté la veille au soir, constitué toutes sortes de viande grasse, de chou, de maïs, d'un pied de Cochonnaille, d'une langue de Vachimelle, et même de chorizo pour pimenter le tout. Contraint, un tantinet gêné, il s'accroupit et pousse autant qu'il peut. Ses joues rougies et gonflées témoignent de ses efforts. Mais après quelques tentatives, il se relève d'un air faussement dépité. C'est alors qu'une, puis deux, puis dix pêches sont jetées à ses pieds.

« Mange-en plus, cela t'aidera. »

L'atmosphère devient pesante. Prak comprend qu'il est piégé. Il en mange trois, étronne une énorme pêche et se relève. Mystère de la digestion, la pêche a devancé le plat de la veille. Et la principale pièce à conviction semble perdue dans les méandres de l'administration. Mais Vachibeuh, le plus virulent des défenseurs de Sanglia, n'a pas encore abdiqué et il lance à Prak une poignée de pruneaux.

« Les hommes raffolent des pruneaux à ce qu'on dit ! »

Contraint, il les avale tous et le résultat ne se fait pas attendre. Dans son ventre gonflé, le tonnerre commence à gronder. Il soulève sa soutane et pose cette fois un paquet noir et fumant. À peine est-il relevé que le parfum de viande digérée enveloppe les Beaf's et recouvre leur flore nasale de molécules de cadavres que certains peuvent aisément identifier comme étant l'un de leurs proches parents. Quand Prak voit l'expression sur les visages des Sanglipoils, des Cochonnailles et des Vachimelles, en somme, de tous ceux qui l'ont régalé la veille, il comprend que la partie tourne vinaigre. Heureusement, la majorité des Beaf's n'est pas dotée d'un tel odorat. Ceux pour qui sa culpabilité ne fait aucun doute s'avancent vers lui, fous de rage, prêts à le tuer, mais d'autres les repoussent, défendant le Noir-mage contre leur propre famille.

Dans la confusion générale et la bagarre qui s'ensuit, les disciples de Sainte Sanglia réussissent à la libérer et partent se réfugier à l'ouest de la ferme. Désormais deux camps irréconciliables se font face, de force égale, l'un sauvage, prêt à lutter jusqu'à la mort pour sa liberté, désireux de sauver une sainte, et l'autre, mû par la haine et l'aveuglement, composé des Beaf's de la basse-cour, crédules et soumis à Prak, parti chercher des renforts au Château.

Chapitre 43

AMAMBY RECRUTE

De retour au verger, Amamby a perdu toute trace de son innocence. Cerisette a disparu depuis plus de quinze jours et ses recherches n'ont rien donné. Il s'effondre de tristesse dans les bras de sa mère. Mais très vite, l'Amande se reprend. L'amour de sa vie a besoin de lui. Il fait le tour du verger, embrasse son cousin Amandin et remarque le trait bleu sur son épaule caractéristique d'une mobilisation prochaine vers le Mont glacé. Amamby serre les poings. Après s'être assuré qu'aucun Ronçard ne les surveillait, il chuchote à l'oreille d'Amandin quelques mots discrets. L'expression de son cousin oscille entre surprise et consternation. La bouche grande ouverte, il fixe Amamby, comme pour sonder la gravité de sa proposition, avant de craquer :

« Je ne fuirai pas ! Jamais ! Et j'espère que le jour venu, toi aussi tu accompliras ton devoir, en mémoire de ton père ! »

Amamby ne se démonte pas. D'un pas décidé, il s'avance vers Bananard qui peint sur un tronc d'étranges animaux à peau de Fruip's. Celui-ci est le plus contestataire des Bananes. Il tente une approche plus policée.

« Nos frères humains nous mangent ? Ton exil t'a abîmé, mon ami. Le Sage saura te raisonner ! »

Alors Amamby se tourne vers Pomovic, le frère de Pomilien, et aussi vers Ketchak, Hallowok et tous ceux qu'il pense capables de rébellion. Mais à chaque fois, il trouve la même fin de non-recevoir.

« Tu serais allé au château ? Et tu aurais vu quoi ? … La mort de ton père t'a bouleversé, lui dit Pastourie, tu devrais retourner te reposer. »

En dépit de tous ses efforts, aucun ne croit en sa folle histoire. Pire encore, il devient suspect. L'insidieuse rumeur se diffuse. Un Nécroseur a peut-être trouvé refuge dans la tête d'Amamby. L'Amande bat en retraite. Convaincre les siens sera compliqué. Quant aux Gum's, il n'envisage pas leur soutien, tout couards qu'ils sont. Dès lors, comment provoquer un élan de doute et de révolte ? Tête basse, il part errer dans un champ pour réfléchir. Instamment, la grosse tête akèneuse d'un Pissentruc vient se planter devant lui.

« J'en ai un, lui dit-il.

— Tu en as un ? Quoi donc ? lui demande Amamby, à peine sorti de ses pensées.

— Un message, évidemment !

— Un message de Cerisette ? Où est-elle ? Comment va-t-elle ?

— Non Amamby, je suis désolé, nous n'avons pas encore trouvé trace de ta Cerise.

— Ah… S'il te plaît Pissentruc, ne relâche pas tes efforts. Il faut la retrouver, demande l'Amande.

— Crois bien Amamby que nous faisons tout ce que nous pouvons pour la retrouver. Ne perds pas espoir !

— Merci, Pissentruc. Que dit ce message ? »

Le Pissentruc lui rapporte tous les récents évènements qui se déroulent à la ferme. La noyade de Sangliro, son retour de l'enfer, habité par un démon, l'accusation qu'il a portée à l'endroit de Sanglia, sa lapidation et enfin, la fuite de sainte Sanglia protégée par ses partisans. Amamby n'en revient pas. Sanglia a réussi ! Sa vive intelligence se met rapidement au travail. Le terme de sainte qui définit désormais Sanglia l'interpelle. Si les mages asservissent les Beaf's par les croyances, le cas Sanglia lui enseigne une chose fondamentale : par le levier de la foi, il parviendra peut-être à les secouer. Lui revient alors en mémoire où une nuit dans le grand sapin, éclairé par l'enfant du soleil, les Ronçards avaient bien failli lui tomber dessus. Amamby se remet en route. La nuit risque fort de réserver à ses frères Aliâm's une invraisemblable surprise.

Chapitre 44
MAC DINDOC

Au mont Plumeux, les premiers essais sont douloureux, autant pour les ailes que pour les chevilles et les poignets. Aiglevif a une bonne entorse.

« Certes, je suis un grand bricoleur. Mais de là à dire que je maîtrise les nuances de l'ingénierie aéronautique… »

Mac Dindoc fixe si bien les deux samares, une sur chaque aile, que lorsqu'il se jette de la cime de l'arbre, il est emporté par la force cinétique, commence à vomir et perd connaissance. Quand il heurte le sol et, qu'au bruit des rires de ses amis, il reprend ses esprits, l'aigle, fier, saute sur ses fines pattes et hurle :

« Tu modifies ton machin l'bricoleux et on y retourne ! »

La difficulté technique provient du mode de fixation des Samares, tout autant que du choix de leur positionnement afin d'assurer un bon équilibre à l'ensemble du corps. Finalement, après des dizaines d'essais plus ou moins ratés, Aiglevif réussit à maîtriser un vol qui fait retentir jusque dans la vallée des cris de joie inespérés. Alors, il congratule Mac Dindoc.

« Quelle invention géniale, Mac Dindoc !

Celui-ci lui répond d'un air faussement modeste :

— Oh, mon invention n'est rien sans un bon pilote… Si seulement Sanglia, qui eut l'idée, pouvait voir cela ! »

Chapitre 45

L'ART DE MOTIVER LES SPORTIFS

Sur le chemin de sable, Alec et Sir Rhaul d'Ottar interpellent Amamby.

« Tu vas courir les qualifs, n'est-ce pas ? Nous avons besoin de coureurs hors pair pour triompher !

— Oui, Sir, dit Amamby.

— Parfait, si tu te qualifies, tu pourras rejoindre au château les autres champions et aussi les simples recrues qui n'ont pas ton talent. Il y a... attends voir... le grand Bananard et... cette Cerise aussi... Comment s'appelle-t-elle, déjà ?

— Une Cerise ? sursaute Amamby.

— Eh bien oui, une très belle Cerise. N'est-ce pas, Alec ?

— Une Cerise, dites-vous ? Ma foi, je n'en suis pas certain, répond le Rouge-mage, confus.

— Mais si, le corps des Cerises est rouge et brillant, on ne peut les confondre ! Argh, quel était son nom déjà ? Voilà, cela me revient ! CERISETTE ! Alec, avec un nom pareil, il s'agit forcément d'une Cerise !

— Effectivement, bredouille Alec, écarlate. »

Amamby tremble de rage. Son visage accuse le mage.

« Depuis quand est-elle emprisonnée, exactement ? interroge-t-il avec autorité.

— Oh ! Emprisonnée n'est pas le terme. Je dirais invitée, répond Sir Rhaul d'Ottar, qui perçoit toute la colère dont est remplie l'Amande. »

Amamby devient pâle. Son pouls s'accélère. Malgré ses efforts pour cacher son émotion, ses jambes ne parviennent plus à le porter. L'émotion est trop forte. Il s'écroule.

Alec et Rhaul d'Ottar poursuivent leur chemin.

« Je sais ce que vous pensez, Alec. Mais croyez-en ma grande expérience, dès que ce petit cœur fragile aura retrouvé ses esprits, il sera plus motivé que jamais ! »

LA GAZETTE DE SOLOFÉ

INTERVIEW EXCLUSIVE

Nous sommes avec Tahmara, fils de Matari qui jugula l'expansion des Croa's, cette espèce purulente et invasive, les cantonnant aux marais contre une poignée d'Aliâm's pourris qui servent de pâté aux Crocodiles (en majorité, des Crup's, vu qu'ils se gâtent plus vite que les Beaf's).

« Quelle mission périlleuse vous a été confiée cette fois ?

— Je pars vers le désert des Caroubiers, car, sans que l'on sache pourquoi, plus aucun Aliâm's ne parvient à la muraille. Depuis que les Freez' ont fait sécession, le royaume ne peut négliger aucune source d'approvisionnement. »

Souhaitons-lui bon courage. Au marché, les Crup's deviennent introuvables !

* * *

BRÈVES ALIÂM'S

Brocophie, la Brocoli

« Je ressemble à un arbre. Papita la Pastèque ressemble à un ballon de basket. Et toi, Râpi le Râpé, à quoi ressembles-tu ?

– Ton jeu ne me plaît pas, répond le Râpé, car je ne ressemble à rien ! »

Joy-Vignasse, le Vignasse rouge

« Que ces Vignasses vertes sont stupides ! L'autre jour, pour amuser ses amis, l'un d'entre eux s'est moqué de la couleur de ma peau en me demandant de respirer. Mais quand mûriront-ils enfin ? »

Chapitre 46
GRAND REPORTAGE

Rencontre du Roi Krazor sur les terres Kootis

Dans la brume automnale, huit grands Sauriens se tiennent immobiles. Matari comprend qu'ils sont d'un rang supérieur à toutes les autres monstruosités de cette espèce, car se dégage d'eux une assurance que rien ne semble pouvoir ébranler. Le prince Orpax-Tir qui était accompagné de Matari et du Roi Piotiss vaincu se range aux côtés des huit Sauriens alignés. Le moment est venu pour le grand guerrier de prendre la parole.

« Amis sauriens, dit-il d'une voix sentencieuse. Je suis venu chargé d'un présent inestimable. »

Mais les neuf démons devant lui, aux lèvres taillées nettes par une lame de rasoir, yeux pétillants de perfidie, restent silencieux comme la mort. Matari s'interroge. *Le moment n'est peut-être pas encore venu.*

Une heure passe. Le vent se lève dans la plaine. Des volutes de feuilles mortes arrachées du sol par le vent tournoient tout autour d'eux. Derrière ces rafales humides, les sous-bois craquent. Progressivement, la ceinture champêtre à la frondaison dense s'ouvre à des centaines, puis à des milliers de Sauriens de toutes espèces. Aucun ne franchit l'orée du bois, comme s'il craignait, en s'avançant trop, d'être puni par une force supérieure. Si bien qu'en fin d'après-midi, un amoncellement de plus de dix mètres de haut, aux reflets verts, noirs et bruns se forme, adossé à la forêt, transformant la riche végétation en un amas grouillant d'écailles luisantes. Un petit sourire se dessine sur le visage de Matari. La nouvelle de son incroyable prise s'est répandue dans tout le royaume. Livrer ainsi aux Sauriens le roi Vipéride sera forcément considéré à la fois comme un signe d'amitié, mais aussi comme une solide mise en garde. *Qui désormais osera défier mon peuple ?*

Son regard scrute le mur. De-ci, de-là, dans ce fourmillement infini, il est surpris de voir apparaître quelques têtes Vipérides très caractéristiques à leur forme plate et à leur buste allongé. *Comment deux peuples ennemis peuvent-ils se regrouper ainsi ?* Il en vient de plus en plus, des vagues entières qui se chevauchent, formant une succession de strates, une écume visqueuse de quinze mètres au moins, assombrissant la prairie en une arène obscure, où les rayons du soleil ne pénètrent plus qu'en d'éparses stries émeraudes. Au pied s'avancent un à un, sans ordre apparent, neuf Vipérides plus grands que les autres. Ils s'alignent devant les Sauriens, leur corps sinueux. Sans le soupçonner, Matari a provoqué une assemblée extraordinaire de forces antagonistes. Les sifflements cessent. Rien que le vent, le silence.

L'un d'eux fait un signe. Un couloir se forme dans la muraille hideuse. Venu des tréfonds de la terre, apparaît un Saurien sur son destrier drapé d'écailles brillantes. C'est le Roi Saurien Krazor, fils de Krazak et Kainis. Roi centenaire insaisissable que les Vipérides ont par mille fois essayé de tuer. À mesure qu'il s'approche du centre, là où se trouve Matari, sa silhouette devient de plus en plus grande et nette. Krazor s'approche de Piotiss et descend de son cheval. Ses iris marbrés de pourpre fendus de pupilles elliptiques et son nez réduit à une fine lame d'os tendue d'une peau parchemineuse sondent le moribond. À l'odeur, Piotiss devine qui le saisit d'une main semblable à la racine d'une mandragore piquée de griffes tranchantes. L'étau se resserre autour de son cou. Il attend la mort, rien de plus. La mort vient rapidement.

Krazor le laisse tomber et invite les princes Vipérides à le dépiauter. Ils arrachent et avalent des quartiers entiers de viandes sanguinolentes, puis enlacent leur nouveau Roi dans une sorte de rituel d'allégeance. Dans cet amas qui forme un tertre, on ne distingue plus les Sauriens des Vipérides. Les deux peuples Squameux sont réunis. Et les humains, ces montres fantomatiques à peau blanche offrent des perspectives plus larges que ce qui, depuis des temps ancestraux, les divisait. Matari mord sa lèvre inférieure. Cela ne fait plus aucun doute. La paix celée vaut déclaration de guerre contre son peuple. Sans même lui porter attention, les princes Squameux et le Roi tournent les talons. Matari empoigne son épée, brûlant d'envie de sauter sur leur Roi infâme pour le punir de tant de mépris. Mais déjà le Roi Squameux s'évapore dans la brume.

Au loin, l'enceinte éphémère s'ouvre telle une plaie béante. À peine celle-ci est-elle refermée que Matari se retrouve seul face à des dizaines de milliers de prédateurs affamés. Les sifflements et les sons menaçants des cascabelles reprennent. Les monstres formant un crénelage jusqu'au ciel crépusculaire fondent au pied de la muraille. L'avalanche hideuse déferle vers le point central à une vitesse vertigineuse. Tout juste Matari a-t-il le temps d'une pensée pour son fils Tahmara, d'une prière pour son âme et celle de tout son peuple. Il pose un genou à terre, ferme les yeux et attend courageusement qu'on le disperse.

Chapitre 47
LE DIEU SOLEIL

Dans le secret des sous-bois, Amamby part chercher le fils du soleil. Non pas le fragment qu'il porte toujours en diadème, mais la pierre encombrante qu'il cache dans l'écorce d'un peuplier. Il l'enveloppe dans un cuir végétal, le dépose au fond de son sac et remonte jusqu'à la place principale du Verger, où se trouve le vaste terrain de jeu bordé d'un grand Sapin bleu.

Il propose à tous mes amis un tournoi de ballon. Les tournois de ballon peuvent s'étirer sur deux ou trois jours. La moitié du verger répond présent. Les parties s'enchainent. La lumière se dilue dans l'obscurité. À peine Cornicotte vient-elle de marquer son deuxième but d'un magnifique enroulé pied droit que les métabolismes commencent à ralentir. Et bientôt, comme Amamby l'avait prévu, tous dorment comme deux cents loirs. L'Amande grimpe jusqu'à la cime de l'arbre bleu et scrute les alentours. Le spectacle des Fruip's endormis est saisissant. Amamby arbore un petit air malicieux. Son plan semble fonctionner à merveille. Il redescend de quelques branches, de façon à ce que la frondaison le dissimule parfaitement. Là, il sort le fils du soleil de son sac et retire son cuir végétal. Instamment, la lumière se reflète sur sa peau, l'arbre s'illumine comme un soleil bleu, irradiant les alentours d'un halo surnaturel. L'effet sur tous ceux qui se trouvent autour est immédiat. Leurs paupières s'ouvrent. Un à un, ils se réveillent. Amamby les entend approcher et bientôt chuchoter leur émerveillement. Alors, en empruntant la voix grave d'un Dieu imaginaire, il dit :

« MOI, DIEU SOLEIL, DIEU DES DIEUX, JE SUIS VENU VOUS AIDER. PARMI VOUS SE TROUVE MON

MESSAGER. L'ÉCOUTER, VOUS DEVREZ. PAR MA LUMIÈRE CÉLESTE, JE LUI OFFRE LA VITESSE ET LA GLOIRE. CE GRAND CHAMPION QUI BRILLE ET FILE PLUS VITE QUE LE VENT, DEMAIN, VOUS LE RECONNAÎTREZ. ADOREZ-LE, CAR VOTRE SALUT PASSERA PAR LUI. »

Les Ronçards commencent à s'approcher d'un air suspicieux. Amamby replonge le verger dans l'obscurité. Quand les Ronçards inspectent l'arbre de fond en comble, ils n'y trouvent rien.

Voici comment, au bénéfice d'une nuit de rêves mystiques, l'Amande a planté la graine de l'espoir dans chacune des têtes.

Chapitre 48
AU VERGER

Amamby, une Cerise, une Tarterouge, une Banane, Kazest et cinq autres sont alignés. La course qualificative pour la course du Roi est sur le point de commencer. Dix concurrents sont en lice. Le Trèspressé, avec Amamby, est de loin le favori. La piste d'environ cinq kilomètres fait un tour complet du verger. Alec jette haut la pierre. Top départ ! D'emblée, Kazest allume la mèche. Amamby se positionne volontairement en queue de peloton. Après le premier virage, loin des regards indiscrets, il déverse dans sa paume la myriade de paillettes puis les étale vigoureusement sur sa peau humide. Il relève la tête et met un sérieux coup sur la meule. Il ne s'agirait pas de terminer en seconde place ! Les frères Kidiwi comptent les feuilles mortes. Ils les doublent. Son allure est extrêmement soutenue. Ses jambes légères ne cessent de relancer. Un à un, il passe les Fruip's jusqu'à Kazest. Le Trèspressé est proche. À quelques mètres du dernier virage, Amamby le rattrape. Les deux athlètes sont au coude à coude. Grâce à des jambes de feu, l'Amande enrhume le Trèspréssé et passe les bras levés la ligne d'arrivée.

Alec s'approche à grands pas, le visage déformé par la colère.

« À ce rythme tu ne pourras pas gagner la course du Roi ! À quoi joues-tu ?

— J'ai gagné, non ? halète Amamby, mains posées sur ses genoux.

— Tu as gagné, mais tu n'es pas prêt pour la grande course ! Oh, comme je suis stupide. J'aurais dû écouter Sir Rhaul d'Ottar quand il me l'a conseillé ! Comme souvent, il avait raison. Tu n'aimes pas suffisamment cette Cerise.

— Si, je l'aime !

— Et ta mère, est-ce que tu l'aimes ?

— Laisse ma mère en dehors de cette histoire, crapule ! Tu as déjà tué mon père. Tu m'as arraché Cerisette et maintenant tu menaces ma mère ! T'en prendre à des innocents pour tes propres desseins. Tu n'es qu'un salaud ! Et dire que je t'ai aidé à soigner ton fils !

— Mon fils n'est pas encore guéri. Mais sois certain que ta gentillesse intéressée ne t'éloignera pas de l'objectif que nous t'avons fixé ! »

***

Le soleil décline à l'horizon. La marque des coureurs d'exception – un cercle traversé par une étoile filante – est tatouée sur le bras d'Amamby. Il monte sur le podium. Devant, le verger attend le traditionnel discours du Rouge-Mage et les félicitations au vainqueur de Sir Grégoire. À cet instant la magie commence à opérer. Dans l'obscurité naissante, sa peau brille des centaines de grains de poussière. La carne de l'Amande devient aussi étincelante que l'enfant du soleil.

« C'est la prophétie du sapin bleu ! crie Kidiwi. »

Comme la veille devant l'Arbre-Dieu, des regards béats envahissent les visages des Fruip's.

« Dieu a dit : écoutez-le et adorez-le ! »

Sous l'émotion, certains pleurent de joie ou s'évanouissent. Suivant l'exemple de Kidiwi, tous se prosternent devant le messie. C'est alors qu'Amamby leur dit :

« Mes enfants, dans deux jours, je fendrais l'air telle une étoile filante. Aucun rival d'aucune terre fertile ne saurait me vaincre. Une fois sacré grand Kahador du royaume de Solofé, je pourrais retrouver l'amour de ma vie. Et pour m'aider, dieu sera dans mes jambes. Tout comme par ma bouche il vous parle aujourd'hui et vous dit ceci : POURQUOI, DU CHÂTEAU, JAMAIS PERSONNE N'EN REVIENT ? POURQUOI DE LA MONTAGNE

GELÉE JAMAIS PERSONNE NE REDESCEND ? POURQUOI DANS LES MARAIS OU DANS LE DÉSERT TOUS LES NÔTRES SE NOIENT ? POURQUOI SEULS LES HOMMES ET LES RONCARDS SONT-ILS ÉPARGNÉS ? À CES QUESTIONS QUE JE VOUS POSE, MOI, LE DIEU SOLEIL, RÉPONDEZ ! »

Alors, toutes les têtes se tournent vers Alec et Rhaul d'Ottar.

« Que dis-tu, sombre idiot, proteste l'intendant, nous sommes nous aussi victimes de ses monstres ! »

Mais Amamby ne tient pas compte de la remarque de l'intendant et dit d'un ton rassurant :

« Mes frères, mes sœurs ! N'ayez plus peur, Dieu veille sur vous ! »

Sir Grégoire et Alec n'en croient pas leurs yeux et leurs oreilles. Ce doux rêveur pourrait les faire sourire s'il ne commençait à les inquiéter.

« L'Amande a trop bu de jus de betterave, s'exclame Sir Grégoire, c'est très mauvais pour l'organisme !

— Et pour l'équilibre psychique, conclut Alec en riant. »

Correspondance

Éléora, mon amour,

Aux premières lueurs du jour, nous escorterons Amamby jusqu'au château. Il était temps. Je crois qu'il devient fou. Depuis peu, il se prend pour un messie, allant même jusqu'à haranguer la foule. Je pourrais me réjouir que la sève quitte son cerveau pour retrouver ses mollets, mais une grande course ne peut se gagner sans stratégie. Je suis très inquiet.

Je t'aime.

Alec

CONFESSIONNAL

Amamby

Les Pissentrucs se tenaient silencieux. Je m'avançais dans la prairie tapissée de leurs milliers de têtes sphériques qui scintillaient dans la nuit. Je leur dis :

« Pissentrucs, j'ai besoin de vous, Pissentrucs, j'ai besoin d'un truc. »

Leurs têtes se tournèrent vers moi.

« Nous t'écoutons, me dit le plus proche. »

Instamment, en tous points du royaume, la grande famille Pissentruc relayait scrupuleusement ma parole devenue sacrée. Kerchavic, Bananok, Cocobat, Papèque, Sanglia et tous les résistants recevront mon message. Notre projet est grand. La guerre, imminente !

* * *

Amandance

Amamby m'a offert un diadème. À l'intérieur se trouve l'enfant du soleil : ça marche fichtrement bien ! Mais je ne dois pas en abuser. Rester éveiller est épuisant. Chaque nuit, je dois choisir dix Fruip's et leur chuchoter, en collant mon front contre le leur, de façon à ce qu'ils s'éveillent à peine :

« Ronçards et Humains ne font qu'un, ce sont les Nécroseurs. Contre eux, tu dois te battre. »

Puis je leur fabrique un diadème pour qu'à leur tour ils puissent veiller sur le verger.

LA GAZETTE DE SOLOFÉ

FAMINE

Les livraisons aux Sauriens ont entamé nos stocks. Les prélèvements des Prim's les plus mûrs ne sont plus possibles sans mettre en péril le renouvellement du cheptel. Et les jeunes pouces envoyées en direction du désert des Caroubiers s'y perdent. Nous restons sans nouvelles de Tahmara qui était parti sur leurs traces. Font-ils sécession, eux aussi, comme les Freez's, les Croa's et peut-être même les Beaf's ?

Alors que la population est affamée, le Roi nous dit sa confiance en l'avenir et nous invite pour une séance de cueillette dans son jardin fleuri, où l'attendent ses plus belles Servifleur's.

* * *

BRÈVE ALIÂM'S

Poirax, le Poireau

« Cette façon qu'on les Fruip's de nous regarder de haut ! Qu'ils arrêtent un peu de se la raconter ! »

Un Ronçard perché sur une branche

« Il s'est passé quelque chose d'étrange cette nuit. Regardez cet arbre. Ils l'appellent l'arbre Dieu. Jamais le Dieu Déméter n'a récolté autant de suffrages. Depuis hier, tous les Fruip's sont à genou et chantent en chœur. Et puis aussi, comme s'il les remplissait d'énergie, au premier rayon du soleil, ils se lèvent désormais comme un seul Fruip's. Tout cela revêt quelque chose de suspect. »

* * *

QUI S'EN FOUT ?

Rien ne stresse plus une Vachimelle que lorsqu'elle perd ses amies de vue.

Le Peacotum est un Fruip's croisement d'une pêche, d'une prune et d'un abricot !

Chapitre 49
DÉJEUNER

Dans la Démétogue, Alec et Sir Grégoire achèvent leur petit déjeuner. Un verre de jus d'orange accompagne une tranche de la bien mûre Papraya, qui n'est autre que la mère de Papèque, connue pour sa gentillesse, mais aussi pour cette odeur de sueur nauséabonde qui infuse dans tout le verger. Si les Fruip's ne pouvaient s'approcher d'elle sans se boucher le nez, Alec, ce fin palais, se doutait qu'elle constituerait un choix judicieux.

« Fruip's odorant point décevant ! »

Avis partagé par Sir Grégoire.

« Délicieuse, s'exclame-t-il, du jus coulant sur son menton. »

Il s'essuie d'un revers de manche, lance les épluchures dans la poubelle et se lève, revigoré.

« Mon cher Alec, plus un instant à perdre. Accompagnons notre demi-dieu vers la victoire ! »

Alec nettoie la table de la cuisine, remplit ses poches de doigts de Fruip's qu'il compte offrir à ses enfants, ferme à clé la porte de l'arrière-salle et tous deux quittent repus la Démétogue. Devant, l'Amande les attend, comme convenu. Tout va donc pour le mieux en cette matinée ensoleillée.

Tous trois, donc, Alec, Sir Grégoire et Amamby descendent la longue côte des glands bordée de chênes centenaires, lorsqu'un groupe d'une dizaine d'adorateurs Fruip's leur dresse une ultime haie d'honneur. Ils applaudissent leur messie, le cœur plein d'amour pour cette Amande forte et courageuse. Tout à coup, Sir Grégoire lâche un imperceptible rot. De ces rots qui sortent des entrailles puantes des Beaf's, ces mangeurs-de-tout. Un détail a échappé à Sir Grégoire : les Fruip's portent désormais au plus profond d'eux le germe de la suspicion.

Alors quand cette odeur inimitable de sueur de Pastèque se diffuse dans les nez, une lumière s'allume. Et enfin, une réaction. Les Fruip's forment un cercle autour de Sir Grégoire.

« La grosse Papraya se serait-elle cachée dans ton ventre ? Dit le grand Lino Tarterouge.

— Entièrement d'accord ! Et aussi, l'intendant va nous expliquer pourquoi il est revenu du front, lui ! Exige Cerik en le pontant d'un doigt menaçant.

— Ouais, dis-nous pourquoi si vieux, tu es toujours en vie ? N'a-t-on pas besoin des vieux combattants sur les monts glacés ? Renchérit Pompoze. »

Cette fois, l'intendant sent le vent tourner.

« Je compte m'y rendre bientôt. Tant de disparus. La stratégie est forcément mauvaise ! Très mauvaise ! Tiens, d'ailleurs, j'y fonce sans plus tarder. Cette guerre a assez duré, n'est-ce pas, Alec ? »

Un premier coup de poing est porté. Sir Grégoire lance un Ohh, de stupéfaction.

« La Cerise me frappe ! »

Vient le tour de la Pompote. Puis les coups pleuvent sur l'intendant. Des trombes de coups. Il crie.

« Au secours, au secours, Alec ! »

Alec reste silencieux et ne bouge pas d'un cil, conscient que sa propre vie est en jeu. Amamby surveille les alentours, inquiet. Les Ronçards peuvent rappliquer à tout moment. Les cris de l'intendant doivent cesser. Il ramasse une pierre. Lino, Cerik et Pompoze en font de même. Le dégoût et la rage envers celui qui a mangé Papraya les aident à accomplir ce qui la veille encore leur aurait été inconcevable. Du crâne de Sir Grégoire il ne reste qu'une bouillie. Voyant que les Fruip's se tournent vers Alec, Amamby s'interpose. Il a encore besoin du Rouge-Mage.

« Pas lui, nous en avons encore besoin ! Dès votre retour au verger, je veux que vous vous fabriquiez de vraies armes. Les Ronçards seront plus difficiles à tuer. Leurs piquants sont très dangereux. »

Les Fruip's s'inclinent devant le Messie.

« Tu sais comme moi que la réaction de mon peuple sera implacable, Amamby.

— Je le sais Alec. Mais dis-moi, quel autre choix avons-nous ? »

Et tous deux reprennent leur chemin jusqu'au château.

Chapitre 50
RÉBELLION À LA FERME

Chevauche fièrement sur son canasson d'ébène, Prak le noir. Alignés derrière lui, cent Ronçards impatients de libérer une fureur végétale trop souvent contenue, auxquels il faut ajouter plus de deux mille Beaf's prêts à mourir aux côtés des forces royalistes. La rébellion menée par la traîtresse Sanglia et tous ses « diables sécessionnistes » qui occupent la moitié de la ferme doivent être matés. Ordre du roi.

« CAPTUREZ-LES JUSQU'AU DERNIER ! crie Prak. S'ILS VOUS OPPOSENT LA MOINDRE RÉSISTANCE, TUEZ-LES ! PAS DE PITIÉ POUR LA VERMINE ! »

À quelques dizaines de mètres devant, l'agitation ennemie. La ligne de démarcation est formée de quelques cahutes et d'une haie touffue au-delà de laquelle il est difficile de voir. Une salve de cris bestiaux est lancée à dessein d'effrayer l'adversaire et de le priver de sa fougue guerrière. En retrait, Sanglia attend, silencieuse. Son rang s'élève bien au-dessus de celui d'un athlète, d'un soldat ou même d'un sage. Sanglia est devenue une sainte. Une sainte adulée, cible du mal. On l'entend crier « NÉCROSEURS ! » Et de bouche en bouche, l'insulte est reprise.

« NÉCROSEURS ! »

Prak, Sanglard et tous ceux rangés de leur côté sont stupéfaits.

« NON ! hurle Jean Nugets de colère, VOUS N'AVEZ PAS LE DROIT DE NOUS APPELER AINSI !

— HONTE À VOUS, TRAÎTRES ! renchérit un autre, en lançant une noix de coco qui disparaît au-dessus des arbustes. »

Une pluie de fruits et de légumes s'abat en prémices à l'assaut.

La guerre civile des Beaf's commence.

En temps normal, les bagarres de Beaf's sont d'une relative violence. Mais cette fois, les coups sont portés pour tuer. Les Ronçards se chargent d'égorger, s'acharnant parfois à trois sur un seul. Très vite, l'armée sécessionniste est écrasée. Le sol se couvre de combattants à l'agonie. Sanglia culpabilise. *Comment ai-je pu provoquer un tel massacre ?*

Une poire heurte violemment son épaule. Elle n'est plus à l'abri. Sa garde se dilue dans le flot d'assaillants. Son amie Bellambre est aux prises avec un Coin armé d'une lance. Bravant le danger, Sanglia court aussi vite qu'elle le peut et plaque le Coin à terre. La lance voltige dans un petit buisson. Elle se relève, assomme d'un foudroyant coup de talon le Coin enragé, mais son père Sanglard, qui n'a rien raté de la scène, surgit dans le dos de la Belleuse et l'étrangle tout en fixant sa fille, les yeux injectés de sang, comme possédé par le démon. La mort est rapide. Bellambre tombe inanimée. Sanglia hurle d'une rage mêlée de désespoir.

« ASSASSIN ! »

Elle court, décidée à en finir avec son monstre de père. Mais son gabarit ne lui laisse que peu de chance. Son pied heurte une mangue bien dure. Elle la saisit. Sanglard pouffe de rire.

« Pauvre idiote, crois-tu qu'une mangue, comme tous ces fruits que vous prenez pour des armes, viendra jamais à bout d'un Beaf's ? Comment pouvez-vous être crédules à ce point ? »

Ses propos humilient toute la communauté Aliâm's. Même parmi ceux qui le soutiennent, le doute s'installe. Sanglia laisse tomber son arme dérisoire, bientôt imitée par tous les autres Aliâm's. Comme si soudainement, elles leur brûlaient les doigts. Les combats cessent. Les deux

Sanglipoils se font face. Le spectacle tragique d'un combat à mort entre le sage et la sainte est inévitable. Sanglia se jette maladroitement en avant. Sanglard esquive et attrape son bras, la tire contre son torse poilu et l'immobilise. Ses bras remontent jusqu'à son coup. Il serre. Sanglia est sur le point de perdre connaissance. À cet instant, une lance venue d'on ne sait où transperce le crâne de Sanglard. Il s'écroule aux pieds de Sanglia. Tous s'interrogent. D'où est venu le coup ? Au milieu des combattants, la sainte déambule, hagarde, essayant de retrouver son souffle. Mais c'est Prak qui attire soudainement l'attention en gémissant de douleur. De sa main droite, il arrache un boomerang logé dans les profondeurs de son orbite. Cornée, rétine, pupille, iris et cils ne forment plus qu'un amas de chair sanguinolente.

« QUI A OSÉ M'ATTAQUER ? hurle-t-il en serrant les poings. »

De son œil valide, il ajuste sa vue. La ferme, habituellement sertie d'une végétation aux nuances de vert, présente une multitude de couleurs chatoyantes. Son œil se plisse, car les monocles en ses temps anciens n'existent plus, et il est myope. *Sont-ce des... Fruip's ?* Il renifle nerveusement. Ses doutes se traduisent en une moue de stupéfaction contagieuse. Des crocodiles chargés de Croa's, de Prim's, et même de Beaf's foncent vers eux.

On distingue dessus Cocobat mordant teigneusement ses rênes, Bananok, fier comme toujours, le Roi Glomollet, son fils Croafeat et la vieille Marie-Sautouïe, qui n'en revient toujours pas de dominer ainsi le monde ! Car chevaucher pareil destrier confère des sensations inimaginables ! Une volée de boomerangs, de lances, de flèches tirées à l'arc ou à la sarbacane s'abattent par milliers sur les belligérants. Rapidement la ferme est encerclée pour éviter toute retraite.

Pris dans cette impressionnante marée gluante, la plupart des Beaf's se rendent. Les Rončards sont découpés en morceaux et jetés aux orties. Une explosion de joie raisonne dans toute la vallée et une urgence nouvelle : libérer le verger et le potager.

Quant à ceux qui demeurent convaincus de la bonté des hommes, ils sont emprisonnés. Les autres viennent renforcer l'armée des cure-dents.

CONFESSIONNAL

Pissentruc

La grande famille Squameuse a entamé sa marche démoniaque. Sous la lune orangée, la peau brillante des Vipérides s'entremêle avec celle épaisse et mate des Sauriens. De la petite souris à l'éléphant, tout ce qui est peau, poils ou plume fuit l'implacable coulée d'écailles. La mer d'Alogne les appelle, irrésistiblement. En une journée, j'ai vu passer tout ce que cette île hostile compte de plus terrifiant. D'infinies bandes de terres stériles s'entrecroisent et fendent la végétation luxuriante. Malheureusement, là où je me trouvais, le vent était trop faible. J'avisais un escarpement rocheux, en haut de la colline. Mes pas sont lents et prudents. Je ne sais pas combien de temps il me faudra pour me trouver à une hauteur suffisante. J'espère pouvoir envoyer mon message à Amamby.

* * *

Bananok

Notre grande armée des cure-dents passe une nuit calme au potager, les Beaf's veillent à tour de rôle sur ceux qu'ils avaient l'habitude de manger. Désormais, ils se contentent de fruits et de légumes. À l'aurore, nous reprendrons notre marche vers l'est. Notre chant de soutien résonnera dans la vallée. Comme un torrent d'espoir qui tire sa source d'innombrables affluents eux-mêmes alimentés par de lointains orages qui tonnent :

« Tenez bon, nous arrivons ! »

Correspondance

Alec, mon amour,

La course finale approche. Nous attendons beaucoup d'elle. N'oublie pas que ta mutation passe par la victoire d'Amamby ! Sir Rhaul d'Ottar a donc bien fait d'avoir capturé Cerisette. L'un comme l'autre étant perdus, que leur mort nous profite !

Tu me dis qu'Amamby se prend pour un messie ? Tant mieux, que des ailes lui poussent et qu'elles l'aident à gagner !

Je t'aime.

Éléora

Chapitre 51
LA NEUTRALITÉ GUM'S

La réunion diplomatique entre Bananok, Sanglia et le sage Courgeaïa n'aboutit pas au ralliement des Gum's. Jadis, les Fruip's se sont déjà heurtés à leur immobilisme.

« Leur couardise nous sidère, peste Bananok au sortir de la réunion, avant de poursuivre. On dirait que malgré leur prise de conscience, l'action, la révolte ont besoin d'un temps infini pour entrer dans leurs têtes engourdies. »

À moins que l'apathie Gum's ne les condamne naturellement à une sempiternelle neutralité. Voici ce que le sage Courgeaïa répond à ses détracteurs :

« Nous comprenons la démarche des Beaf's et de nos frères Fruip's, mais à ce stade, il n'y a aucune certitude quant à la culpabilité des êtres humains. »

Et de poursuivre avec acidité :

« Pactiser avec les Beaf's, à ceux qui nous mangent, c'est ouvrir les portes de l'enfer ! »

Derrière le sage se tient une ribambelle de Corniboobs menaçant.

« Tirez-vous !

— Ouais, tirez-vous !

— Décampez, on n'veut pas que le Roi nous surprenne avec vous ! »

Ainsi sont les Gum's, fervents pratiquants, indolents et peureux, se satisfaisant du pire, pourvu que rien jamais ne change.

LA GAZETTE DE SOLOFÉ

HISTOIRE DU THON

Pour les Aliâm's, participer à la course du Roi est un immense honneur. Un enthousiasme irrationnel entoure cet évènement qui a lieu plusieurs fois dans l'année. Passer la ligne d'arrivée est un exploit. La distance à parcourir équivaut à un triple semi-marathon, c'est-à-dire un thon. Le thon – 63 kilomètres 900 mètres très exactement – commence sur la place d'honneur, emprunte les ruelles jusqu'à l'extérieur de l'enceinte du château, longe les murailles par le flan désertique des Caroubiers vers le nord, là où le vent du large amorce le terrible franchissement du Mont Glacé et enfin, enfin, se termine une centaine de mètres après l'entrée principale du château.

* * *

DÉCULPABILISEZ !

Pour les adeptes de la secte Ayaak, la rigueur des mages envers les Aliâm's est insupportable. En dépit du plaisir qu'une majorité d'entre nous a à choisir lequel loger dans l'assiette, ces extrémistes d'un autre âge refusent d'épouser nos coutumes en considérant les Aliâm's comme des êtres sensibles. Étrange. Ils porteraient en eux une naïveté, une poésie et une douceur de vivre qui les rendraient attachants ! Pour nous autres fins gourmets, le principe intangible est que leurs qualités se mesurent au palet et uniquement au palet !

Chapitre 52
JOUR DE THON

Des bruits de bottes approchent des geôles. Un garde tire le verrou métallique. Le grondement de la foule s'engouffre et pousse les Aliâm's à l'extérieur. Le long du tunnel, les athlètes restent muets. Aux fenêtres, devant les maisons et même sur les toits, les spectateurs hystériques les accueillent en clameurs entremêlées d'insultes et d'applaudissements. Le torse gonflé d'orgueil, les concurrents avancent jusqu'à la ligne de départ. Il y a Banagreen, grande et forte ; Cornibolt, le Corniboobs qui râle déjà à propos de l'attente interminable, Cocobord, la Coco aux biceps impressionnants. Chez les Gum's : Râpé Tonbac, Tyson Kidiwi, Lichi Call. Les Beaf's ont envoyé le petit mais très nerveux Nesta Nuggets, aux plumes blanches et à la crête jaune. Loko, le Canasson et Bug Saute-Ouïe sautillent sur place, comme pressés d'en découdre. Puis, trois cages sont traînées jusqu'à la piste. Derrière les parois de bois, des masses de chair grognent. *Qu'est-ce qu'ils ont fait, au juste, pour mériter pareil traitement ?* Se demandent-ils tous.

Du haut de son estrade, le Roi se lève pour applaudir. Six soldats de la garde royale, solennels dans leur habit d'apparat, ouvrent les cages. Silence. Un silence d'émerveillement suivi d'une formidable ovation. Pour les autres compétiteurs, c'est l'effroi. Trois chimères sorties de l'imagination foisonnante d'un alchimiste malade se ruent en avant. Le premier, vert reluisant, se distingue par un torse proéminent de Guacamole capable de retenir un volume d'air inégalable, le tout surmonté d'une crête jaune fluorescente. Le second Kah-Kabab est impressionnant par son poids. Ses jambes surpuissantes soutiennent un corps recouvert d'une fine peau rose. Sous son front flanqué de cornes, un groin humide. Quant au Saa-Salab, sa légèreté printanière laisse présager une endurance à toute épreuve. Ses longs chefeuilles de batavia tiennent droits sur sa tête et semblent lui assurer une fraîcheur permanente.

Aux côtés du Roi, le speaker fait de grandiloquentes présentations des participants en les flattant de victoires invérifiables et de qualités incongrues. Ses intonations amusent la foule survoltée :

« Tyson l'incorrigible, TYSON KIDI, KIDI, KIDIWI !

— Et enfin, vous le reconnaîtrez à ses longues jambes et à sa peau orange granuleuse. Attention, il ne peut s'empêcher de faire des croche-pieds. Oui, oui, oui, applaudissez RÂPÉ, RÂPÉ. RÂPÉ TONBAC ! Et que dire de cette petite Amande ? Regardez comme elle est timide. C'est un mâle. Fais risette, mon joli. Oh, il ne sourit pas, mais croyez-moi, il s'agit d'un compétiteur hors pair. Et savez-vous pourquoi il veut gagner ? (Il tend l'oreille.) Oui évidemment ! Pour devenir un grand parmi les grands et mener la guerre pour notre survie à tous ! Enfin, vous m'avez compris… (Pouffant de rire.) Mais pas seulement ! L'Amande veut combattre aux côtés de sa dulcinée ! (Applaudissements) Comme c'est attendrissant. Eh oui, que voulez-vous, il a un noyau d'artichaut. Devinez où est cette veinarde ? »

Le terrifiant Ronçarok la pousse en avant, tout en lançant des regards noirs à Amamby.

« MAIS BIEN SÛR MES AMIS ! BRAVO ! ELLE EST LÀ À CÔTÉ DE MOI ! Doucement, vous allez me l'abîmer ! Quelle jolie Cerise n'est-ce pas ? Dis-moi ma belle, comment t'appelles-tu ?

— Cerisette, dit-elle timidement.

— Eh bien Cerisette, tu en as de la chance qu'un champion pareil t'aime autant ! APPLAUDISSEZ CES DEUX TOURTEREAUX ! APPLAUDISSEZ A-MAM-BYYY ! »

Amamby regarde au loin l'amour de sa vie, impuissant. Elle pleure d'amour et de tristesse. Les larmes coulent sur ses joues.

Les familles des coureurs montent à la tribune d'honneur. Tous sont pieds et poings liés, une lame de couteau appuyée contre la gorge.

« Eh oui, citoyens de notre grand royaume de Solofé, quelle saveur aurait cette course s'il n'y avait de véritable enjeu ? »

Les Aliâm's oscillent entre stupeur et colère.

« Écoutez-moi attentivement, champions ! Une seule famille peut survivre à cette course : la famille du vainqueur. Les autres seront exécutées, ici même. Alors courez, courez vite pauvres diables ! AHHH CE JEU EST FORMIDABLE ! ON ADORE, N'EST-PAS LES ENFANTS ? »

La foule rit, saute, applaudit. Au centre, dix-neuf créatures protestent en gesticulant, en criant ou en pleurant de désespoir. Seul Amamby, moins surpris, se tient droit, les gencives serrées.

« NOUS REFUSONS ! Annonce Tonbac. LIBÉREZ-LES IMMÉDIATEMENT OU VOUS DEVREZ COURIR VOUS-MÊME CETTE COURSE DE MALHEUR ! »

Le Roi sourit. Comme ces êtres faibles sont prévisibles. De nouveau, la foule surexcitée gronde.

« HORS D'ŒUVRE, HORS D'ŒUVRE ! »

Le garde agrippe le petit Tââ TONBAC par les chefeuilles, ajuste sa main sur le manche du couteau, marque une légère pause, et commence à découper la tête du Râpé. Son père crie. Lui ne dit rien et ne se débat pas. Son corps frêle s'écroule et sa tête est lancée par-dessus la balustrade.

« Voici ta bonne raison de ne pas courir, vaurien ! »

Puis, des morceaux du petit râpé sont distribués gratuitement.

Tonbac crie son malheur tandis que dix gardes l'enferment dans une cage. La tête de son enfant bondit de main en main, toujours consciente. Dans un coin de la cage, son père, prostré, sombre dans la folie.

Les paris reprennent de plus belle. Sur un large tableau, des chiffres exprimés en kilos de pierreries s'affichent à la craie. Les mages prodiguent leurs derniers conseils à leur poulain.

« Fais attention Amamby, tous les coups sont permis ! Ne me déçois pas, j'ai placé tous mes espoirs en toi !

— Je m'en fiche, si je gagne, ce n'est pas pour toi. »

Alec tend sa gourde à Amamby.

« Prends un peu de ce breuvage, il t'aidera à tenir la distance. Une gorgée, pas plus.

— C'est élixir d'espoir, celui que tu distribues dans la démétogue ? Garde-le pour honorer ton épouse. Mon visage sera sculpté sur le bâton d'Anthios sans tricher ou il tombera dans l'oubli. »

Les coureurs s'alignent, leur espoir de devenir un héros changé en urgence de sauver leur proche. Amamby commence à sautiller, ses plantes de pieds comme piquées d'aiguilles. Tout à coup, la corne de brume retentit. Les spectateurs retiennent leur souffle. Le Roi lève haut la main puis lâche la pierre. À l'instant où elle heurte le sol pavé, les muscles des coureurs se détendent. Le Thon commence.

Chapitre 53
UNE COURSE D'ANTHOLOGIE

Le groupe de tête se tient compact. Il longe la muraille dans sa partie verdoyante au rythme moyen de vingt-cinq kilomètres par heure, vitesse moyenne habituelle en distance Thon pour un Aliâm's. À sa tête, Kah-Kabab, respiration lente, masse musculaire de loin la plus puissante de toutes, lance la première attaque. *Il bluff*, pense Amamby en suivant. Loko, Chicopop et les deux autres chimères, Goh-Smoothie, et Sah-Salab lui emboîtent le pas. *Pourquoi imposer un rythme intenable ?* Un thon distance ne tolère pas l'insolence. Peu après son entrée dans le désert, Kah-Kabab ralentit. Le sol mou est l'ennemi de son poids. Ses pieds s'enfoncent comme dans des sables mouvants. Sa peau fine et rose brunie par la morsure du soleil se chiffonne. Il tombe à genou. Les trois le dépassent sans moufter. Le naufrage d'un athlète n'est jamais plaisant, particulièrement lorsqu'il signe son arrêt de mort. Un groupe de spectateurs enthousiastes leur lancent des seaux d'eau. C'est le Ravito du vingtième. Chicopop lance d'un air étonné.

« Ils ont disparu !

— Qui a disparu ?

— Bah, les autres, j'veux dire à part les deux mochetés et nous. »

Aussi loin que leur vue est capable de les projeter, il n'y a plus de trace des autres compétiteurs.

« Bah, ils sont cuits eux aussi, voilà tout, dit Loko.

— Cuits ? Au vingtième ? Tu parles, ces salauds les ont chopés au passage pour les bouffer, oui ! répond Chicopop. Vous en dites quoi, les mutants ? »

Les deux restent muets. Goh-Smoothie, le guacamole, gonfle le torse. Sah-Salab reprend la course sans broncher. Un vent contre brûlant se lève brusquement, fouette leur peau. Le rythme faiblit légèrement. Quand la boucle à l'intérieur du désert les ramène contre la muraille, les visages sont déjà marqués par l'effort. Au pied, et aussi depuis le parapet, la foule encourage leur favori et leur lance des fleurs. Le roi, posté sur une tourelle en compagnie de sa reine, une longue-vue plaquée contre son œil, suit la course avec passion.

« Les autres ? Non, je ne les retrouve pas. Ils auront fui, préférant leur vie à celle de leur être cher. Des lâches ! Heureusement, les cinq encore en lice sont impressionnants de vélocité !

— Un favori, ma reine ?

Elle ajuste la mire.

« Oh peu importe, vous connaissez mes goûts n'est-ce pas ?

— Un peu de tout ?

— Voilà mon cher, un peu de tout ! »

Quarantième kilomètre, muraille nord. Chicopop a décroché depuis un moment. Il ne reviendra plus. Devant, la façade escarpée et le froid. Les Aliâm's savent que s'amorce la partie la plus difficile. Au loin, toujours ces cris de foire pour accompagner leur progression.

Au kilomètre quarante-quatre, les spectateurs se font rares. Goh-Smoothie et Sah-Salab sont en tête sur un point de crête extrêmement dangereux. On entame le dernier quart. Des flocons de neige gênent la visibilité. C'est le moment que choisit Goh-Smoothie pour éliminer Sah-Salab, qui ne manifeste aucune marque de fatigue. À un endroit qui autorise deux coureurs à être côte à côte, il le propulse d'un violent coup d'épaule dans le ravin. Sah-Salab chute en silence, une expression de surprise dans le regard. À cent mètres derrière, Loko qui a encore la caisse relance dans la montée, suivi de près par Amamby. Le

Canasson est au coude à coude avec Goh-Smoothie. *Ce qui a fonctionné une fois peut fonctionner une seconde fois,* pense Goh-Smoothie. Il se jette de côté. Mais il ignore que si Loko n'a rien vu de la disparition de Sah-Salab, il en a deviné la cause. L'attaquant fourbe s'achève cette fois dans le ravin. Son cri de fureur résonne entre les parois rocheuses et leur revient en écho tragique.

Plus que deux en course. L'ascension jusqu'à ce que le jour ne soit occulté par la montagne se poursuit à une allure qu'aucun homme ne serait jamais capable de soutenir.

La caisse du Canasson lui permet de relancer fort malgré la chute vertigineuse de la température. Il laisse sur place Amamby. Rien ne semble pouvoir ralentir le Beaf's. Au cinquantième, à une telle altitude, les organismes sont poussés à leur extrême limite. Quand Amamby relève la tête, il remarque qu'au loin, juste avant la crête, le Canasson est à l'arrêt. Amamby le rejoint. De son naseau pend une stalactite que son souffle trop froid ne parvient à faire fondre.

« Qu'as-tu, Loko, déclare tu forfais ?

— Je ne peux plus courir, mes jambes ne veulent plus, susurre-t-il au ralenti, ses lèvres fainéantes suivant la voie de son corps épuisé.

— Que penserait ta famille si elle te voyait avec le courage d'un Gum's ?

— Je n'ai plus de famille, l'Amande. Tous ont été tués…

— Je suis désolé. Tu cours avec une telle énergie…

— Mon ami Mac Dindoc m'a promis une caisse entière de sucre en cas de victoire. Voilà la vraie raison, dit-il en souriant. Ah, tu nous auras vaincus à la loyale, petite Amande !

— Je ne t'ai pas vaincu à la loyale l'ami et je vais te le prouver. »

Amamby ôte son diadème et le pose sur la tête du Canasson. Une douce chaleur se diffuse à travers son corps.

Rapidement, il recouvre ses forces et se relève. Tous deux reprennent la course et entament la descente.

« Je te dois la vie, l'Amande. Je t'aiderais à tuer le Roi, même si je dois y laisser les deux oreilles, la langue et la queue.

— Celle que tu portes entre tes jambes ?

— Celle que je traîne derrière moi m'est moins utile… »

Tous deux rient sans ralentir l'allure.

Quand ils parviennent au château, la foule massée devant s'attend à un sprint final. Amamby et Loko passent la ligne d'arrivée en marchant main dans la main.

Les parieurs sont les grands perdants, car aucun d'eux n'a gagné. Le Roi aussi est déçu. Dans son esprit étriqué, une course ne peut accoucher que d'un seul champion. La foule, elle, les acclame et s'incline devant la noblesse d'un tel esprit sportif.

***

Une escorte d'une vingtaine de soldats les conduit dans une petite pièce d'eau où quatre Servifleur's les invitent à se laver dans un bain tiède, puis on les fait monter jusqu'à la grande salle de réception. Le Roi et la Reine sont vautrés en milieu de table, à moitié saouls, entourés de leurs invités d'honneur.

« Approchez, approchez donc mes champions ! Quel dénouement décevant ! »

Amamby est à la fois exténué et soulagé. Il s'est battu pour parvenir jusque devant le roi. Mais il sait aussi que sa dernière heure est arrivée. Le roi est à deux ou trois pas de lui. Au moindre mouvement suspect, les gardes lui tomberont dessus. Il n'a d'autre choix que d'attendre patiemment qu'une occasion se présente.

« L'entraide, le dépassement de soi, le respect des règles, voilà ce que nous avons démontré aujourd'hui, temporise Amamby.

— Petit malotru, objecte le Roi, vous avez triché ! Une victoire ne se partage pas. Et puis, par cet œil mécanique, je t'ai vu soutenir ton ami. Enfreindre ainsi notre règlement est gravissime ! Mais peu importe. Le mal est fait. Cuisinier, prépare les filets de canasson pour nos hôtes. Et distribue les abats aux citoyens les plus méritants. »

D'un coup de bâton derrière la nuque, un garde assomme Loko.

Amamby contient sa colère et son dégoût.

« Et Cerisette ? Qu'en faites-vous, lâche !

— Cette petite peste nous a fait faux bond. Mais ne t'inquiète pas, nous la retrouverons ! »

Tous sont hypnotisés par le spectacle du canasson traîné jusque dans les cuisines. Amamby en profite pour glisser entre ses lèvres une baie de belladone, la positionne sur le côté de sa langue. *Si je ne trouve pas d'autre moyen, il me suffira de la croquer. Dès lors, il ne me restera que quelques heures à vivre. Celui qui avalera ma chair terminera asphyxié.* Son plan est désespéré : emporter le Roi dans sa propre mort.

« Amamby, reprenons notre conversation… ou plutôt, non, se ravise le Roi, je ne suis plus d'humeur bavarde, salez-le et qu'on en finisse, je meure de faim ! »

Les Servifleur's déversent sur la tête de l'Amande deux seaux de gros sel. Amamby bloque la baie de belladone entre ses gencives et commence à serrer. Il a une pensée pour son père. Enfin, il va le retrouver, là-haut sur son nuage sucré. Il serre plus fort. Le liquide ne demande qu'à se répandre dans sa bouche. À cet instant un grondement descend de la montagne, suivi d'un tremblement de terre. Les murs de pierre chancellent, menaçant d'engloutir le château.

Chapitre 54
LES FREEZ'S ATTAQUENT

Après avoir dévalé les cimes enneigées pour percer le mur d'enceinte, des centaines de boules congelées, de toutes les couleurs, gisent à l'intérieur du château. Gelées, incapables de se mouvoir, leur carapace de glace leur offre malgré tout une armure solide comme l'acier. La seconde vague de Freez's, qui s'était tenue plus bas en embuscade, recouvrant ainsi une grande partie de leur mobilité, s'engouffre à pas lents telles des ombres fantomatiques. Toute la vengeance glaciale fume dans leurs yeux devenus bleus. *Comment, monstres recouverts de fourrure, avez-vous osé lécher notre peau, ou pire, nous jeter dans des bassines d'eau bouillonnantes avant de nous manger* ? peut-on y lire.

Un peu plus haut, des centaines de rangées de boules gelées aux multiples teintes attendent le signal.

« Que se passe-t-il ? Mais que se passe-t-il enfin ? demandent les nobles apeurés tout en se jetant au sol. »

Les longues-vues sont déployées pour scruter la nuit argentée.

« C'est le mur d'enceinte à l'ouest ! crie un garde. Il s'est écroulé majesté ! Oui oui, sur au moins trente pas, il s'est écroulé !

— Mon dieu ! Et que vois-tu d'autre ?

— Des rochers qui dévalent la montagne, mon Roi. Une avalanche de rochers colorés !

— Donne-moi cette longue-vue, idiot, les rochers ne sont pas colorés ! »

Quand le Roi voit le spectacle des Freez's donnant l'assaut, il se tourne stupéfait en direction de Ronçarok qui sonne d'un souffle de colère le rassemblement des troupes avec sa corne de brume.

Dans la salle à manger, l'auguste et lugubre repas est laissé de côté. Les soldats courent rejoindre leur poste. Les civils auprès de leurs proches.

Amamby crache la baie. En la voyant rouler à ses pieds, une Servifleur's qui était dans un coin de la pièce lui dit :

« C'était donc cela ton plan. Ta vie contre celle du Roi. Quel courage !

— Il n'y a aucun courage à se donner en pitance ! »

Puis il part en direction de la cuisine. Derrière la lourde porte en bois massif, Loko agonise dans une mare de sang. Amamby lui prend la main et lui caresse le visage.

« Tu es un grand champion, Loko. Jamais plus je n'aurais d'adversaire aussi vaillant que toi. »

Amamby sent son ventre se serrer. Mais il ne doit pas se laisser aller, Cerisette a besoin de lui. Il part discrètement, en longeant les murs sombres, tandis qu'en tous points du château les archers se postent sur les murailles, les tours et les tourelles.

Chapitre 55
À L'ASSAUT !

Depuis la tour centrale, le Roi observe.

« Le pont-levis doit être défendu coûte que coûte ! »

Ronçarok se veut rassurant.

« Ces tiques tiendront peut-être le siège la journée, mais dès que l'obscurité tombera, ils regretteront notre jolie fable sur les Nécroseurs ! »

Le Roi s'agace.

« Tais-toi donc et occupe-toi de cette armée de… cure-dent qui menace le sud ! Ah, et aussi, ramène-moi cette Amande que dans la cohue nous avons oubliée. Coupe-la en petits morceaux, qu'elle emplisse mon bol parmi les noix de cajou et les cacahuètes ! »

Ronçarok est furieux. Il escalade la tourelle à l'aide de ses mains recouvertes de pics. Au pinacle il se dresse de toute sa laideur et émet un cri sauvage qui transperce la nuit d'effroi. L'appel à toutes les forces ronçardes enfouies au plus profond des forêts obscures réveille une indicible haine végétale.

À l'orée du bois qui ceinture le lac des Poiscailles, les premiers surgissent en courant à la diable. Ils sont de toutes les tailles. D'à peine visible à grand comme dix arbres embroussaillés flanqués d'autant de têtes haineuses. Plus hideux que leurs congénères civilisés, plus sales, plus retords, ils foncent droit vers le château comme si leur vie dépendait de Ronçarok. Des dizaines de milliers de ronces recouvrent la plaine, s'attaquant à toute forme de vie sur leur passage. En face, l'armée des cure-dents menée par Bananok et Glomollet charge à son tour. Les gueules des Crocobus engloutissent des tonnes de Ronçards. Le bois craque sous la pression de leur mâchoire. Mais les ressources courageuses du marais sont inférieures en nombre et la peau des Croa's, fragile. Glomollet se retrouve rapidement encerclé. L'issu ne se trouve que dans la mort, lorsque l'impensable arrive. À cinq cents pieds du sol, le vent porte Dindoc à dos d'Aigleux. Les Samares tourbillonnent à toute vitesse, portant la fierté retrouvée d'un peuple. Au sol, les troupes ont les yeux ébaubis. Le roi de la bricole a réussi. Derrière lui, une armée considérable occupe le ciel jusqu'à perte de vue. La surprise est totale. Sur la tourelle, dix d'entre eux fondent sur Ronçarok. Ils essaient de le tuer, mais sa garde rapprochée tient bon.

À mille pieds d'altitude, un minuscule point noir surplombe le champ de bataille. Cocobat interroge l'Aigleux :

« Es-tu certain que c'est bien lui ?

— Les yeux d'Aigleux sont infaillibles ! »

Alors, Cocobat se laisse tomber. Tête en avant, il ajuste le tir en inclinant légèrement ses pieds. Le vent souffle fort à cette hauteur. Plus que quelques mètres. Sa vitesse est telle qu'elle provoque un sifflement. Ronçarok lève la tête. En un clin d'œil, il ne reste de lui qu'un tas de broussailles insignifiantes.

L'effet est immédiat. On n'entend ni cri, ni pleur, ni aucune sorte d'émotion. Aussi vite qu'elle est apparue, la marée ronçarde se retire, à peine déçue. Leur chef n'est plus. Des cris de victoire traversent la plaine de part en part.

Le commando de Mac Dindoc cible la face intérieure du pont-levis. Le message d'Amamby lui a été délivré par Pissentruc.

« Toi, dindon volant, tu te chargeras de la porte ! »

Les Aigleux transpercent de leurs becs crochus les chaires et les cuirasses des soldats comme du fin tissu. Deux d'entre eux activent les contrepoids et le pont se baisse, ouvrant la voie à l'armée des cure-dents. Par milliers ils s'engouffrent dans le château avec la puissance d'un ouragan déchaîné. Le jus sucré se mêle au sang dans des combats à mort.

Voyant la guerre leur échapper, des derniers lambeaux d'armée, tout comme la garde rapprochée du roi, se rendent.

Le roi et la reine sont cueillis, flânant dans leur jardin d'hiver.

Chapitre 56
CÉLÉBRATIONS

Les murmures d'allégresse enveloppent Amamby comme une étreinte chaleureuse. Sa démarche racée, sa silhouette brune et sa peau pailletée dégagent une aura magnétique. Il arpente les ruelles, accueilli par une haie d'honneur jusqu'à la place centrale où la veille encore, telle une bête de foire, il se lançait à corps perdu dans cette course folle.

Cette fois, la foule est constituée d'Aliâm's libres et reconnaissants.

Amamby n'est plus un Aliâm's comme un autre. Amamby n'est pas uniquement l'un des deux vainqueurs du Thon, ou même un Roi. Amamby est un messie qui contre vents et marées a réussi à libérer du joug humain les peuples opprimés.

Sur le podium, il s'apprête à prendre la parole.

À l'unisson, tout ce que le château compte de Croa's, d'Aigleux, de Freez's, de Servifleur's et évidemment, de Beaf's, de Fruip's et de Gum's lèvent leurs mains, paume tournée vers le ciel, et s'agenouillent.

Amamby leur dit :

« Levez-vous, peuple du soleil ! Jamais plus vous ne devrez vous prosterner ! »

La foule libre clame son nom, chante et s'enlace.

« AMAMBY ! AMAMBY ! »

Amamby demande alors :

« Grands Cahadors, fiertés des fiertés, montrez-vous ! »

Un Freez's à peau rouge vif s'avance. Il s'agit de Ketchavic. Il rejoint Amamby sur le podium et l'étreint chaleureusement.

« Je savais que je pouvais compter sur toi, mon ami Freez's. »

À quelques pas une silhouette velue fend la foule. C'est sainte Sanglia. Amamby lui tend la main. Tous deux sont le symbole que des sentiments forts peuvent nouer des espèces ô combien différentes.

« Oui, les Prim's et les Beaf's peuvent vivre ensemble et s'aimer, très chère Sanglia. Nous en sommes la preuve vivante !

— Gaffe au régime alimentaire quand même ! dit une Truffe. Des fruits et des légumes, rien d'autre ! »

Amamby scrute la multitude des visages. Il pointe du doigt l'un d'entre eux.

« C'est à elle, mes frères Prim's que vous devez ce magnifique diadème du soleil qui orne vos fronts et qui vous a permis de dompter vos nuits ! »

Sa mère le rejoint sous les applaudissements, l'air gênée.

« Papa aurait été fier de toi, lui souffle Amamby avant de l'embrasser tendrement. »

D'un coup, on entend le sifflement d'un boomerang fendre l'air. Il virevolte autour du podium, frôlant les têtes. Une main jaune et ferme se lève et l'attrape au vol. C'est Bananok. À son côté, Cocobat et le Roi Glomollet. L'Amande a toujours été très proche d'eux. À leur tour de les rejoindre. Personne n'entend ce qu'ils se disent à ce moment-là, mais leurs gestes expriment la fierté et la reconnaissance.

Puis, une colonne de Freez's escorte le Roi, vaincu dans le silence et la honte, au pied de son improbable tombeur.

« Que vas-tu faire de nous, maintenant ? demande-t-il, le corps ratatiné, la voix chevrotante.

— Finissons-en, Amamby, pas de pitié !

— Qui a dit cela ? »

Une Servifleur's s'avance, les joues vulgairement fardées.

« C'est moi ! Sais-tu ce qu'il m'a fait subir ? »

Amamby la considère attentivement.

« Tu es jeune, ta voix est douce, tes pétales versicolores sont longs et réguliers. Pourquoi te faner en cachant ta colère sous ta vengeance ? »

Mais alors qu'Amamby allait poursuivre, des cris d'effroi jaillissent de la muraille qui domine la plage.

Chapitre 57

LES SQUAMEUX S'INVITENT

Amamby se précipite, entouré de ses plus proches amis et suivi de la foule. Du haut de la muraille, l'azur s'étire à l'infini. Sur les ondulations calmes de la mer, flottent des troncs d'arbres tachetés de points verts et noirs, créant dans leur sillon une écume blanche. Les contours deviennent de plus en plus précis. Les petits points deviennent des traits de toutes tailles. Les traits et les troncs se dédoublent, se chevauchent, disparaissent parfois pour réapparaître plus loin, l'une de leurs extrémités fouettant la surface de l'eau.

Cela ne fait plus aucun doute. Venus de là où le ciel embrasse la mer, les Squameux approchent. Les effusions de joie ont laissé place à la peur et la consternation, car tous les Aliâm's ont entendu parler de ces monstres infâmes.

« Il faut organiser nos lignes, dit Croa Glomollet.

— Envoyons le gros de nos troupes sur la plage, propose Ketchavic, il faut les impressionner !

— Temporisons, dit Amamby, peut-être y a-t-il une chance de négocier. »

Quelques instants plus tard, les premiers Squameux posent leurs pieds sur le sable et attendent immobiles. Un autre, plus grand, à l'allure noble s'avance seul jusqu'au pied du château. Au pied de la muraille, il dit avec autorité :

« Moi, Krazor, Roi Squameux, parler au Roi humain ! »

Contre l'avis de tous, Amamby sort du château et s'avance jusqu'à lui.

« Toi ? Un Roi humain ?

— Les humains sont nos prisonniers. Que leur veux-tu ?

— Toussss, les manger ! Pour leur insssolence. L'un d'eux a tué Roi Viparide ! Livre-les nous tous immédiatement ! Ou bien nous irons les sersser !

— Pas si vite, Roi Krazor. Dans notre communauté, les décisions se prennent collectivement. Je dois réunir le conseil. Tu seras bientôt informé de sa décision.

— Dépêsse-toi, petite crotte brune, un Roi Sssquamate n'attend pas ! »

Amamby ne se formalise pas. Une vie de vexations et d'insultes forge le caractère.

« Un Roi est sage et patient, répond Amamby avec le calme et la fermeté d'un diplomate aguerri. »

Puis il rentre au château et réunit son premier conseil.

***

Ils sont dix assis en cercle. Le Roi Glomollet, Bananok et Cocobat, les inséparables Ketchavic et Imoak, Sanglia, Mac Dindoc, Hibéra, Amandance et bien sûr Amamby. À distance, les milliers d'Aliâm's aux couleurs et aux formes variées écoutent. Chut entend-on, CHUTTT !!!

« Je ne crois pas que ces monstres soient venus de si loin pour rebrousser chemin sans avoir obtenu satisfaction, commence Bananok.

— Livrons-leur ce qu'ils demandent, renchérit Glomollet, de sa voix caverneuse, les hommes ne méritent pas qu'on se batte pour leur peau !

— Je suis d'accord, dit Ketchavic. L'occasion de nous débarrasser d'eux sans nous salir les mains est inespérée.

— Les livrer à une mort certaine ne lavera pas ta conscience ! s'indigne Sanglia, nous avons tous souffert à cause d'eux, mais il faut savoir pardonner. »

Amamby se tourne vers Hibéra, restée silencieuse jusque-là.

« Le pardon est l'arme des faibles. Demain les hommes essaieront par tous les moyens de nous reprendre notre liberté, tuons-les nous-même et jetons leurs corps par-dessus la muraille ! »

Cocobat répond :

« Après tout ce que nous avons traversé, pourquoi laisser les Squameux nous voler notre vengeance ? »

Amamby interroge sa mère du regard. Amandance ne s'exprime jamais à l'emporte-pièce.

« Je vous écoute et quelque chose m'échappe. De quel châtiment parlons-nous exactement ? Nous devrions garder les hommes prisonniers indéfiniment ? Que celui qui chaque jour leur servira la soupe se lève. (Tous restent assis.) Et qui abattra de sang-froid dix mille hommes ? (Tous restent assis.) Dans ce cas, séparons le bon grain de l'ivraie et laissons-leur une chance de vivre ailleurs !

— Plutôt mourir que de laisser nos bourreaux répandre leur haine à travers des contrées innocentes ! lance Ketchavic. Et puis quelle garantie aurons-nous qu'ils ne reviendront pas pour se venger ? Laissons le froid de la montagne nous en débarrasser ! »

Pendant plus de deux heures, les discussions s'engluent. Aucune solution n'emporte l'unanimité.

Amamby doit trancher.

« Si nous avons conquis notre liberté au prix de milliers de nos vies, est-ce pour nous voir imposer un tel ultimatum ? Quand bien même s'agirait-il du sort de notre pire ennemi ? »

Tous acquiescent.

« Nous, peuples libres de Solofé, condamnons les hommes à mériter leur exil. Nous leur offrons la première ligne ! Les survivants erreront à jamais dans le désert des Caroubiers, là où notre frère Papèque et Pastophie ont courageusement livré bataille. Les Beaf's de basse-cour qui se sont fourvoyés en leur jurant allégeance ou s'obstinent à continuer de manger des Aliâm's occuperont la seconde ligne. Les survivants partiront vers les contrées inconnues du sud. Toi, Sanglia, qui prônes le pardon. Ton cœur est grand. Grande sera ta vigilance, car c'est à toi qu'incombe la responsabilité de les tenir à distance.

— Qu'il en soit ainsi, dit Sanglia avec un pieux respect.

— Arrête avec ça, réprimande l'Amande, un simple OK me suffit.

— OK, dit Sanglia. »

Les deux complices rient et l'assemblée se lève.

***

Debout, les yeux rivés sur le château, le Roi Krazor attend. Amamby apparaît enfin sur la muraille. Un bref échange de regard suffit à exprimer la décision du conseil. Le Roi ne sourcille pas. Il se tourne. Dans toutes les têtes plates, à des kilomètres à la ronde, son message télépathique résonne.

Chapitre 58
SANG ET SABLE

Les Vipérides, les Sauriens, les Boas, Crotales et Cobras aux crochets venimeux recouvrent entièrement la plage d'un manteau d'écailles luisantes. Les enfers ont lancé l'assaut. Bananok attend que l'ennemi soit à portée et baisse son bras. Les salves de flèches enflammées surprennent l'ennemi. Des torchères se contorsionnent, poursuivent leur course silencieuse jusqu'à s'écrouler en plaques d'amas fumantes. Une vague scélérate déferle jusqu'au pied de la muraille. Les Aliâm's déversent des tonneaux d'huile bouillante sur l'écume hurlante. Cocobat scrute l'horizon. Il afflue assez de Squameux pour prendre dix châteaux forts. En fin de journée, les flèches viennent à manquer. Par endroit, les créneaux deviennent poreux et laissent passer l'assaillant. Un premier Corniboobs se carapate, puis un second. Cocobat encourage ses troupes.

La défaite semble inexorable quand un soutien inattendu vient du ciel. Tout en évitant une lance d'un pivot éclair, le Coco aperçoit des milliers d'ombres masquer les étoiles. Chaque Plumeux porte quatre Freez's, deux sur le dos, et deux autres tenus par les mains. Au dessus de l'assaillant, ils larguent leur solide cargaison. La nuée s'abat par surprise, brisant les crânes et aplatissant les corps. Les Squameux s'acharnent sur ces étranges et inébranlables guerriers de glace. Leurs crocs et leurs techniques d'étranglement ne peuvent rien contre ces rochers. Une fois à terre, les Plum's utilisent leurs becs pointus et leurs griffes acérées pour crever les yeux. La bataille, terrible, totale, forme un amoncellement de morts. Pourtant, la puissance gigantomachique des deux armées semble intarissable. Après une nuit de combats, où les belligérants se rendent coup pour coup, l'aube annonce enfin un répit. Car avec la lumière croissante, les assauts Squameux diminuent d'intensité, leurs métabolismes n'appréciant guère la chaleur, tout comme les Freez's, que leur peau mollie rend progressivement vulnérables.

Au bord de l'eau, se tiennent alignés les neuf princes qui ont rejoint le Roi. Le va-et-vient de leurs langues bifides trahit leur impatience.

Une nouvelle journée de combat s'écoule. Les Squameux reprennent l'avantage. Les Aliâm's ne parviennent plus à contenir l'afflux. La bataille tourne au vinaigre. Les Vipérides, forts à l'aise pour ramper sur les murs, gagnent le chemin de ronde du donjon. Comme Cocobat, Sanglia mène ses troupes avec courage. De toutes parts les défenses flanchent. Ce n'est qu'une question de temps.

« Il nous faut fuir, Amamby, supplie Amandance. Rien ne nous oblige à mourir ici, dans ce château de malheur ! »

Mais Amamby prend la main de sa mère pour la réconforter. Il dégage de lui une sérénité qui confine à la folie. La ligne des dix nobles Squameux avance. Ils sortent de leurs fourreaux leurs cimeterres rouillés, désireux de porter eux-mêmes le coup de grâce.

« Jetons les femmes et les enfants humains par-dessus la muraille, conseille Croa Glomollet, et qu'ils en fassent une indigestion ! »

Mais Amamby ne quitte plus son sourire habité, les yeux fixés vers l'est où s'étire à l'infini le désert des Caroubiers. Une bille déforme la ligne d'horizon sablonneuse. La bille atteint la taille d'une boule, qui avance, parfois masquée par le Sirocco. Dans son sillage, des nuages fantomatiques s'élèvent en tourbillonnant. Excepté Amamby, personne n'y prête attention, car la fatigue endort la vigilance et l'urgence est au combat.

« Réveille-toi enfin, lui crie le Roi Croa, nous avons besoin de toi !

— Regarde ces protubérances qui se forment là, sur le sable, Roi Croa, répond Amamby. »

Le Croa Glomollet s'agace, puis se penche, incrédule.

« Quoi donc ! crie-t-il à nouveau, je ne vois rien que des monticules de corps sans vie ! »

Mais par endroits, des courants mystérieux ondulent la surface du sol. Les Squameux se figent, leurs muscles tétanisés par une menace tellurique.

Chapitre 59
SCORPAX

Des vagues de sable se forment à la surface. Déséquilibrés et sidérés, les Squameux tentent de garder l'équilibre. Tout à coup jaillit une cuirasse d'ébène gigantesque, montée sur six longues pattes et flanquée d'une tête sans visage, mais incrustée de deux yeux rapprochés l'un de l'autre. Sa queue surmontée d'un dard mesure le triple de la taille du Roi Krazor. Puis une deuxième créature apparait. Puis dix. Ils jaillissent en tous points des entrailles de la plage. Ce sont des Scorpax.

Les créatures légendaires commencent à jouer de leurs pinces et de leurs dards vénéneux. La lutte est inégale. Les Squameux font pâle figure. D'insignifiants moucherons taillés en pièces. Venus du désert, les Scorpax sont si grands et si nombreux que le salut des Squameux ne peut se trouver que dans le repli. Mais les princes et le Roi ne peuvent se résoudre à une telle humiliation. Alors, sortant de leur réserve, ils s'élancent vaillamment. La vélocité des Scorpax prend de court toutes leurs attaques avec une facilité déconcertante. Les neufs sont déchiquetés, impuissants tandis que leur Roi joue d'une stupéfiante agilité et parvient à porter un coup sur le crâne d'un Scorpax. Mais son cimeterre rebondit sur sa cuirasse en produisant une étincelle. Un deuxième Scorpax surgit dans son dos, transperce son thorax de son long dard capable de venir à bout d'un mur de pierre. Krazor s'effondre, le visage impavide.

Sur le champ de bataille, une immense boule de la taille d'un éléphant, tenant à la main une plus petite, suivie d'une centaine de Fruip's et de Gum's, leur peau vieillie prématurément par le soleil, escalade la dépouille du roi Krazor avec difficulté. Papèque et Pastophie ont changé. Devenu rouge vif, leur visage a été buriné par le soleil et les tempêtes de sable. Papèque glisse son pouce et son index dans la bouche de Pastophie qui siffle les Scorpax, comme un maître ses chiens. Défait, le fléau Squameux se retire. Les combats cessent. La porte du château s'ouvre et Amamby sort à la rencontre de son ami Papèque.

« Je vous attendais avec impatience, vous et vos nouveaux amis. »

Papèque ne peut bouger que ses yeux, son corps trop gros ne peut plus s'incliner.

« En effet, des amis difficiles à trouver.

— Comment avez-vous réussi à survivre et qui sont ces étranges créatures ?

— Oh, mon frère, ceci est une longue histoire. »

Chapitre 60
HORIZON

Amamby longe les cages de bambou où s'entassent les prisonniers. L'un d'entre eux l'agrippe par le poignet. C'est Alec.

« Eh, l'Amande ! Tu ne peux envoyer ma famille à la mort ! Supplie-t-il. J'ai déjà perdu mon fils, je ne veux pas perdre ma femme et ma fille ! Rappelle-toi, j'aurais pu te dénoncer ou même te tuer, mais je t'ai aidé ! »

Dans l'ombre, on distingue la pâleur de son visage, ses traits tirés par la peur.

« Non, Rouge-mage, tu ne m'as pas aidé, tu as agi dans ton propre intérêt. Comme le font tous les humains. S'agissant de la mort de ton fils, que veux-tu, une graine ne peut pousser sur un caillou. »

Alec fronce les sourcils.

« Nous lui avions pourtant administré ton remède, mais son état ne faisait qu'empirer ! »

Mais tout en prononçant cette phrase, Alec comprend. Il tente d'attraper le poignet d'Amamby. Un garde Sanglipoil lui assène un violent coup de bâton sur le crâne.

Amamby s'éloigne sans se retourner.

Chapitre 61
CERISETTE

Amamby se rend discrètement dans le laboratoire où l'attend le Scientitruffe, caché dans un angle obscur de la pièce.

« Ne me fais pas attendre… L'avez-vous retrouvée ?

— Oui. Elle se promenait le long de la rivière. Mais je dois te dire que…

— Accouche, Scientitruffe !

— Son aspect extérieur et même ses capacités intellectuelles sont relativement bien conservés, mais sa mémoire a pris la poudre d'escampette. Vu son âge avancé, elle devrait déjà être morte. Je te l'avais prédit… »

Amamby est abattu. Il s'assied sur la chaise en bois.

« Elle ne se souvient déjà plus de moi…

— Seule la perspective d'enfanter peut encore éveiller en elle un désir amoureux. »

Puis, se levant :

« Dans ce cas, donne-moi ce dont tu m'as parlé ! »

Scientitruffe recule d'un pas méfiant. Il connaît les conséquences, ce petit service risque de lui coûter cher.

« Préfères-tu que je t'envoie cuire avec tes amis dans le désert ? »

À contrecœur, Scientitruffe sort du fond de sa manche une fiole au contenu rouge vif.

« Une fois que tu l'auras bu, ta peau se teintera de rouge. À ses yeux, tu deviendras une Cerise capable de lui offrir cet enfant qu'elle n'a pas eu. Bien entendu, il s'agit d'un leurre… Mais attention, ton espérance de vie deviendra celle d'une Cerise.

— Combien de temps me restera-t-il à vivre ?

— Amamby, tu as déjà dépassé les trente-deux lunes… »
Amamby saisit la fiole et part en courant.

Chapitre 62
KETCHAVIC

Un petit garçon, cheveux bruns bouclés et magnifiques yeux émeraude, flâne au bord du lac, semblant ignorer l'issue de la guerre ainsi que le sort réservé aux siens.

« Que fais-tu par ici mon enfant ? interroge Ketchavic.

— Je ne suis pas un enfant, stupide Ketchup, lui lance le petit, outrageusement.

— Ah bon, qu'es-tu alors ?

— Je suis Jakar le grand prêtre noir ! crie-t-il fièrement. Mais, poursuit-il en baissant le front, je ne retrouve plus mes parents. Ils devaient pourtant me rejoindre ici. Peut-être qu'ils sont occupés à manger ce bras que tu n'as plus ? »

Puis tout en riant, il porte à sa bouche un doigt de Râpé et en croque l'extrémité.

Ketchavic doit refréner une envie de le corriger. Mais au lieu de cela, il lui prend gentiment la main et lui dit :

« J'ai gardé ce bras pour toi. Un jour, tu seras assez grand pour le manger entièrement.

— Quand je serai grand prêtre noir !

— Tu auras besoin de forces. Le destin de toute une ferme dépendra de toi. Rappelle-toi que la solution aux nombreux problèmes qui se poseront à toi se trouve souvent dans le reflet de cette eau pure. »

Ils s'approchent tous les deux de la berge, posent leurs pieds sous la surface adamantine. Le petit garçon ne voit rien. Alors Ketchavic lui conseille de se concentrer. Soudainement, des profondeurs surgit l'ombre terrifiante d'un Sylurien. L'enfant veut reculer. Ketchavic tient fermement sa main, l'empêchant de fuir cette monstruosité qui menace. Avec une rapidité stupéfiante, le Sylurien bondit sur l'enfant comme un lion sur sa proie, le tire par les jambes et l'emporte par le fond, ne laissant derrière lui que quelques bulles d'air éclater à la surface de l'eau.

Ketchvic poursuit sa route. Il en est convaincu, les enfants ne valent pas mieux que leurs aînés.

Chapitre 63
LE CAS SANGLIA

« On la chope en pleine nuit et on la fume !

— On ne fume personne Papèque, pense aux conséquences ! Et puis la guerre est finie. Il faut passer à autre chose.

— Passer à autre chose ? Tu es devenue folle ?

— Espèce de gros couillon, tu voudrais déclencher une guerre civile entre les Fruip's et les Beaf's alors que nous vivons enfin en paix ! Ne suis-je pas la première concernée, après tout ?

— Tu n'es pas la seule concernée, figures toi. C'est encore moi qui te porte, non ?

— Oh… je ne pèse pas bien lourd ! Mais si tu y tiens tant, je peux me trouver une autre jument !

— Une jument ?

— Qui me res-pec-te-ra en me portant autrement que par la ti-gnasse !

C'en est trop. Papèque pose Pastophie à même le sol.

— Très bien, je m'en vais, puisque c'est ton souhait !

— Ah la bonne heure !

— Pour ta parfaite information, monter sur une jument n'est pas si simple. Il faut pouvoir mettre un pied à l'étrier ! »

Pastophie ne répond pas, feignant d'être blessée. Les scènes de ménage se terminent toujours à son avantage. Quelques instants plus tard, Papèque fait demi-tour et retourne la chercher en s'excusant platement.

« Ça va, ça va mon gros, je ne t'en veux pas. »

Puis, une fois à hauteur d'yeux, elle commence à ricaner bêtement.

« Mais qu'est-ce qui est si drôle à la fin ?!

— Mon Papèque adoré… Je t'imaginais à dos de Canasson…

— Très drôle, en effet. Bon, assez plaisanté, allons faire la peau à Sanglia.

— Arrête de radoter, je t'ai déjà dit non ! Et puis, c'est Sangliro qui m'a bouffé !

— Et Sanglicorne.

— Absolument, les deux. Sanglia devait être à la diète ce jour-là.

— Elle aurait dû s'interposer.

— Elle est pardonnée.

— Je vais lui envoyer un petit Scorpax lui régler son compte, qu'elle ait une chance de s'en sortir.

— Tais-toi donc et marche ! »

Chapitre 64
LA DERNIÈRE COURSE

C'est à l'endroit dit qu'Amamby s'endort. Précisément là où Cerisette et lui se retrouvaient pour courir. À la première lueur de l'aube, il la voit approcher. Son noyau bat la chamade. Parvenue à lui, elle hésite. De lui, elle ne garde qu'un vague souvenir. Amamby s'en rend compte à ses premiers mots.

« Qui es-tu ? Je crois t'avoir déjà vu, mais… lui demande-t-elle hésitante.

— Je m'appelle Amamby.

— Et moi, Cerisette.

— Je sais comment tu t'appelles.

— Ah bon, fit-elle sans en demander plus. »

Son regard flotte. Elle a toutes les difficultés à se concentrer et ses idées la fuient.

« Que fais-tu seule ici ?

— Je viens souvent dans la vallée de Sarhla, m'asseoir sur ce muret et contempler la danse des oiseaux. C'est étrange, je ne saurais expliquer pourquoi j'aime me promener ici. »

Amamby sent l'émotion l'envahir.

« Peut-être pour la vue ?

— J'ignore si elle est meilleure de ce côté.

— Les effluves des conifères alors ?

— Comparé à l'odeur pestilentielle des Beaf's… Mais non, je ne crois pas que ça soit cela. Je cours le long de la rivière au moins quatre fois par lune. Souvent en début de matinée. Mais avant, j'accomplis mon petit rituel, dit-elle, en remplissant une feuille d'eau et en y pressant une orange.

— Tu aimes boire du jus d'orange ? dit Amamby surpris.

— Euh non, je ne crois pas, dit-elle tout en le déposant à côté d'elle. C'est stupide. Il y a décidément beaucoup de choses que je sais plus expliquer. »

Amamby se prend à penser qu'elle vient jusqu'ici en souvenir de lui, ou de leur histoire. Cerisette se courbe légèrement. Sa candeur est intacte. Ils restent tous les deux à discuter jusqu'à la tombée de la nuit. Puis Cerisette s'endort, la tête contre son épaule. Amamby l'embrasse à la jonction de son œil, de son nez, de sa joue et la caresse toute la nuit.

Les premiers oiseaux commencent à pépier. À l'horizon, l'aube empourpre le ventre des nuages. Avant qu'elle ne se réveille, Amamby débouchonne la fiole contenant le philtre d'amour. Il connaît les conséquences. Il la boit jusqu'à la lie. Le liquide sucré coule le long de son gosier. Dans chacune des fibres de son corps déjà le rouge chasse le brun. Amamby émet un frisson. Dans ses cheveux, il ressent le friselis du vent frais qui remonte le long de la rivière. Et un peu après, dans sa chair, progressivement, une enivrante tiédeur. Un doux envahisseur. Il lui chuchote ces mots qui lui reviennent en boucle pendant son sommeil :

« Dans les frondaisons dansent mille nubiles écarlates. Leurs corps frémissants se balancent au gré du vent. Parfois l'une d'elles se laisse tomber de la cime dansante. Mais jamais aucune n'atteint le sol. Alors assis sur la dure racine, un feu ardent consume mon âme. »

Les grands yeux bleus de Cerisette s'ouvrent en cillant. Elle se tourne vers Amamby, le scrute avec curiosité. Des reflets rouges poudrent sa peau brune. Elle caresse son bras, puis sa joue, délicatement. Ses yeux lèchent son visage.

« Viens ! lui fit-elle en sautant sur ces pieds, allons nous baigner ! »

Amamby est aux anges. Dans l'eau, l'attitude de Cerisette change radicalement. Passant de la naïve et passive contemplatrice de la nature environnante à la redoutable séductrice, poitrine avenante, regard pétillant, entièrement tournée vers lui, tel le tournesol vers son soleil. Il n'est plus cette Amande croisée par hasard avec qui l'on discute comme avec un vieil ami. Il est son idéal, son éternel amour, la promesse d'un premier enfant. Son expression, ses gestes, son odeur, sa voix, tout en lui devient source d'amour et de désir. Amamby sent une larme rouler sur sa joue. Cette fois, ils ne se quitteront plus. Il sent une vibration. Un oui. Un oui de tout son être. Un oui, pour toujours. Et un rire de folie.

« On n'est pas bien, là ? »

Et des pleurs de bonheur. Tous deux s'embrassent en riant, s'enlacent jusqu'à l'épuisement. Au sortir de l'eau, Amamby est un vieillard. Sa peau se flétrit à vue d'œil. Son dos se voûte.

« Tu ne vas pas courir nue, Cerisette, lui dit-il, en lui tendant sa petite culotte en osier.

— Et pourquoi pas ? Je ne suis pas née avec une culotte ! »

Tous deux s'esclaffent. Ils s'amusent à lancer des pommes dans la rivière jusqu'à ce qu'elle ne l'entraîne dans sa foulée de vieillarde.

* * *

Un témoin Sautouïe révélera les avoir aperçus sur le sentier en direction du pré aux péchés. De ce côté aussi, les battues furent veines.

Jamais plus on n'entendit parler d'eux, mais certains voyageurs rapportent qu'en des contrées éloignées, les Cerises sont brunes et les Amandes rouges.

FIN

Printed in Poland
by Amazon Fulfillment
Poland Sp. z o.o., Wrocław

33433421R00133